「ひっ……誰か助けて……」

ウェルズの口から情けない悲鳴がこぼれたそのときだった。

「――輝け〈アズラエル〉！」

魔王の俺が奴隷エルフを嫁にしたんだが、どう愛でればいい？

幽霊屋敷のドッペルゲンガー

!
恋人繋ぎで休日デート!

魔王の休日

「ねえ、ラーファエルさま」

次に浮かんだのは、微笑むような淡い笑みだった。

「月が、とても綺麗ですね」

夜の空には、少女の瞳と同じ色の月が浮かんでいた。

私が黒猫を娘にした理由

魔王の俺が奴隷エルフを嫁にしたんだが、どう愛でればいい？14

手島史詞

HJ文庫
977

口絵・本文イラスト　COMTA

Contents

ザガン

本作の主人公。

幼いころとある魔術師に実験用として攫われ、逆に魔術師を暗殺してその財産と知識を手に入れた。

ネフィに一目惚れして買い取るが、初めて人に好意を持ったためにどう扱っていいのか悩んでいる。

ネフィ

白い髪を持つ珍しいエルフの少女。愛称はネフィ。魔力の高いエルフの中でも際立って魔力が高く、
“呪い子”として扱われていた。自分のことを「必要だ」と言ってくれたザガンに少しずつ好意を抱いていく。

バルバロス

ザガンの悪友。魔術師としての腕はかなりのもので、次期<魔王>候補の一人であった。シャスティルのポンコツっぷりに頭を悩ませながらも放っておけない。

シャスティル・リルクヴィスト

聖剣の継承者で聖剣の乙女と呼ばれる少女。剣の達人だが真面目すぎて騙されやすい。近頃は護衛役の魔術師バルバロスとの仲を周りに疑われているが絶賛否定中。

ネフテロス

ネフィによく似た容姿の魔術師で、その正体は魔王ビフロンスに造られたホムンクルス。

ビフロンスから離反した後は教会に身を寄せている。

黒花・アーデルハイド

盲目のケット・シーの少女。かつて教会の裏組織<アザゼル>に所属しており、刀術に長ける。

現在は目の治療のため魔王城に逗留中。

シャックス

医療魔術に長ける男魔術師。かつてシアカーンの下にいたが離反した。黒花と最近仲が良いが、そのため黒花の義父・ラーファエルにしばしば狙われている。

ラーファエル

元聖騎士長。現役時代は"魔術師狩り"と恐れられていた。現在はザガンの執事を務めている。黒花の養父でもあり、彼女の保護者として常に気にかけている。

✡ プロローグ

「ほう、これは見たことがないな。ケーキ……いや、パンか？」

差し出された菓子《かし》を見て、ザガンはうなった。

「はい。こちらはマリ＝トッツォという、パンの間にたっぷりの生クリームを挟《はさ》んだお菓子になります。ラジエルの方で流行《はや》りだとお聞きして、作ってみました」

挟まれた生クリームは大量で、パンの体積よりも多いかもしれない。表面には粉砂糖がまぶされていて、雪のようだった。

「ネフィはすごいな。聞いただけでこんなものを再現できてしまうのか」

「い、いいえ、リリスさんやセルフィさんたちにも手伝っていただきましたから」

ツンと尖《とが》った耳の先をほのかに赤く染めながら、ネフィは微笑《ほほえ》む。

「ああっと、これはどうやって食べればよいのだ？」

「あ、はい。その、このまま、手づかみでかじるそうです」

パーティのメニューとしては変わっている気もするが、魔術師《まじゅつし》の宴《うたげ》である。テーブルマナーなど知っている者の方が希少である。

——いつものネフィなら、それでもナイフで切ってくれそうな気がするが……。

疑問には思いつつも、ザガンは言われるまま巨大《きょだい》なパン菓子を手に取る。

思わず怯《ひる》みそうな量の生クリームだが、いざ口に入れてみるとそれほどしつこい味ではなかった。どうやらふわふわのパン生地《きじ》がほどよい緩衝材《かんしょうざい》となっているようだ。

それでいて、やはり口の中には暴力的なまでの甘味《あまみ》が広がる。

「これは……なるほど、甘《あま》くてインパクトがあるな」

「お気《き》に召《め》したのでしたら嬉《うれ》しいです」

ネフィははにかみながらこう続けた。


「ザガンさまのお誕生日に、少しでも思い出になるものを作りたくて」

〈魔王《まおう》〉シアカーン、そしてビフロンスとの戦いに決着を付け、魔王殿へと帰ったその日。その日がザガンの誕生日と発覚した。

ネフィを含《ふく》めた一部の者はすでに知っていたようで、宴の準備をしてくれていた。〈魔王〉の誕生祭というにはいささか質素かもしれないが、戦中も厨房《ちゅうぼう》を回してくれた配下たちにも楽しんでもらえるよう、給仕《きゅうじ》の必要が少ない立食パーティの形式を取っている。

魔王殿玄関《まおうでんげんかん》ホールはいくつものロウソクやランタンで照らされ、ゴメリのゴーレムが守護者のようにそびえ立っている。普段《ふだん》は三十名からなる魔術師が忙《せわ》しなく駆《か》け回るその空間も、いまは魔術師と聖騎士が入り交じって談笑《だんしょう》していた。

ただ、戦の直後ということもあって、参加者の格好は華《はな》やかなものではない。巻いた包帯に血が滲《にじ》んでいる者もいれば、腕《うで》を吊《つ》っていたり松葉杖《まつばづえ》を突《つ》いている者もいる。

主役であるはずのザガンとネフィも、戦いで汚《よご》れた服からは着替《きか》えているが、さして着《き》飾《かざ》ってはいない。むしろ、街中を歩く一般人《いっぱんじん》のような服装だ。

——ネフィといっしょに買った服だからな！

そんな宴の様子を眺《なが》めつつ、ザガンは大きく頷《うなず》く。

「ネフィが祝ってくれたのに思い出に残らんはずがなかろう」

これまで自分の誕生日なんぞ知らなかったザガンのために、ここまでがんばってくれたのだ。あの激戦の最中に宴までこぎつけてくれたのだから一生記憶《きおく》に残る自信がある。

「……恥《は》ずかしいです、ザガンさま」

赤くなった顔を隠《かく》すように、ネフィはマリ＝トッツォを口に運ぶ。

「……あっ」

かぶりついた瞬間《しゅんかん》、たっぷりの生クリームがはみ出てネフィの鼻の先についてしまう。

——なぜお前はそうも無闇矢鱈《むやみやたら》に可愛《かわい》いのだ！

すでに気分が高揚《こうよう》しているザガンは、たやすく気が遠のくのを感じた。

ツンと尖った耳がぴこぴこと揺《ゆ》れ、ネフィの顔が見る見る真っ赤になる。頭をぷるぷると振《ふ》ってみるが、とうていそんなことで取れる生クリームでもない。

かといって両手は生クリームがあふれたパン菓子で汚れ、塞《ふさ》がっているのだ。

どうしようもなくなって目をグルグルさせる少女はあまりに愛らしくて、ザガンはその鼻先をツイッと指先で拭《ぬぐ》ってやった。

「と、取れたぞネフィ」

「……ふわっ？」

ネフィがザガンを見上げたまま硬直《こうちょく》する。一歩遅《おく》れて、ザガンも自分がなにをやったのか自覚する。

「あ、あわわわわっ、違《ちが》うのだこれは！」

特になにか考えての行動ではなかった。ただ慌《あわ》てるネフィの顔を見たら自然と手が動いてしまったのだ。

——ど、どどどどどうしよう！　これ、俺《おれ》が舐《な》めたらやっぱり駄目《だめ》だろうかっ？

とはいえ、ネフィの顔からすくい取ったものをハンカチで拭うというのも、なんか違う気がする。

だが、ザガンも動揺《どうよう》していたが、ネフィの方はもっと動揺していたらしい。

「はむっ！」

ネフィは、生クリームがついたザガンの指にかぶりついていた。

淡《あわ》い桃色《ももいろ》の唇《くちびる》は、生クリームよりもやわらかかった。

そしてその姿勢のまま、ネフィの耳が湯気でも噴《ふ》きそうなくらい赤く染まる。

「「ほわあああああっ？」」

脳の許容を超《こ》えた衝撃《ときめき》に、ふたりの〈魔王〉は為《な》す術《すべ》もなく膝《ひざ》を屈《くっ》した。

そう、〈魔王〉である。

ネフィの右手には、ザガンと同じく〈魔王の刻印〉が浮《う》かんでいた。

ネフテロスを救うため、ネフィとオリアスの親子は〈アザゼル〉と戦い、その最中にネフィはオリアスから〈魔王の刻印〉を受け継《つ》ぐこととなった。

これからは、ネフィも〈魔王〉のひとりとして振る舞《ま》うことになるのだ。

同じくこの宴には、新たに〈魔王〉となった者がもうひとりいる。

「――アルシエラ。なぜこんなすみにいるの」

片や山ほどのケーキや菓子を片手に、片や葡萄酒《ぶどうしゅ》のグラスを片手に、ふたりの幼女がいた。ザガンとネフィが玄関《げんかん》ホールの角にいるのに対し、このふたりは反対側の角にいる。

ケーキ皿を抱《かか》えるのは、娘《むすめ》のフォルだ。フォークを握《にぎ》る彼女《かのじょ》の右手にも、ザガンと同じ〈魔王の刻印〉が輝《かがや》いていた。こちらは、因縁《いんねん》の敵ビフロンスのものだ。

ビフロンス本人の意向もあって、〈魔王〉ナベリウスがフォルに届けたのだという。

フォルは賢竜《けんりゅう》オロバスの実子であり、〈魔王〉ザガンとネフィの養女である。なにより、その力を認めて次期〈魔王〉に推挙したのはザガン自身である。この結果は当然だった。

問題は、フォルと話しているもうひとり。吸血鬼《きゅうけつき》アルシエラである。

「……いまさら、どんな顔をして銀眼の王と話せというんですの？」

「親子という関係は、そんなことを気にしたりしない。少なくとも、ザガンとネフィは私にそうしてくれた」

「相変わらず、手厳しいですわね」

全《すべ》てを知っているくせになにも語れぬ少女。その正体はザガンの実母だったという。

見た目はフォルとさして変わらぬ年齢《ねんれい》で、しかもこれまでの言動からザガンはあまりよい印象を抱《いだ》いていなかった。

それでいて、彼女の寿命《じゅみょう》が残り少ないことも、ザガンは知っている。そして、あれでもザガンを守ろうとしてくれていたことも。

果たしてどんな顔をして話せばよいのか。わからないのはザガンも同じだった。

フォルはそんな全てを察したように微笑む。

「アルシエラが臆病《おくびょう》なだけ」

「あたくしにそんなことを言えるのは、貴姉《あなた》だけなのですわ」

それでいて、そう言ってくれる友人というのは心地《ここち》良《よ》いものなのかもしれない。アルシエラはまんざらでもなさそうにワイングラスを傾《かたむ》けるのだった。

だが、シアカーンとの戦いで〈魔王〉を継承《けいしょう》した魔術師は、あとひとりいる。

ザガンももう休めとは伝えたのだが、未《いま》だに重傷者の容態を看《み》ているのだろう。宴の席でも姿を見かけない。

その最後のひとりの行方《ゆくえ》を思っていると、玄関ホールに声が響《ひび》いた。

「姐《あね》さん、絶対安静だって言ってるだろう？　頼《たの》むからおとなしくしてくれよ」

その最後のひとりが、ほとほと困り果てた様子で玄関ホールに現れた。

シャックスである。医療魔術《いりょうまじゅつ》の専門家で、頭も切れる。新しき〈魔王〉の中でもっとも力があるのはフォルだろうが、もっとも知恵《ちえ》深いのはこの男である。正直、ザガンも敵に回したくないくらいには評価している。

これでなぜ通り名も持っていないのか不思議なほどの魔術師だが、絶望的に間が悪いというか察しの悪い男だった。

この男も今回の主役のひとりである。宴を楽しむようには言ってあるのだが……。

――クロスケが戻《もど》ったらそうさせてもらうよ――

この男が守るべき少女は、いま教会に赴《おもむ》いていてここにいない。彼女が戻るまでは怪我《けが》人《にん》の治療《ちりょう》を続けると言って聞かないのだ。その患者《かんじゃ》の中には、オリアスやアリステラなども含まれている。

そんな新しき〈魔王〉にいきなり泣きを入れさせているのは、妙齢《みょうれい》の美しい魔女《まじょ》だ。《妖婦《ようふ》》ゴメリ。十日ほど前から潜入《せんにゅう》任務を任せていたのだが、罠《わな》にはまり囚《とら》われの身となっていた。シアカーンを討伐《とうばつ》して救助したものの、瀕死《ひんし》の重傷を負っていたのだ。

車椅子《くるまいす》に身を沈《しず》めるゴメリの頭上に、霊薬《エリクシル》を詰《つ》めた袋《ふくろ》が吊られている。

エリクシルを供給し続けるための装置らしい。傷自体はザガンとシャックスが治療したが、大量の魔力《まりょく》を失ってこんなものでもなければ生命の維持《いじ》さえ困難な状態のはずだ。

「これは異なことを言う。おぬしにも見えよう。この会場に渦巻《うずま》く愛《め》で力《りょく》の高まりが！」

「いやなんも見えねえんだが……」

ゴメリは車椅子の車輪を回すと、シャックスの腕を掻《か》い潜《くぐ》って玄関ホールを疾駆《しっく》する。

「いまの妾《わらわ》には大量の愛で力が必要なのじゃ！　我《わ》が王を見よ。これを見越《みこ》したかのように強大な愛で力を放っておる」

ザガンとネフィはこっち見んなと言わんばかりに視線を逸《そ》らした。

そんなゴメリが次に標的に定めたのは、階段近くに腰掛《こしか》けるひと組の男女だった。

魔術師側での大きな変化といえば三人の〈魔王〉交代だろうが、聖騎士側での大きな変化が彼《かれ》らだろう。

女の方はネフテロス。かつてネフィの複製として作られた過去を持つが、その体もシアカーンとの戦いで失われ、いまは〈ネフェリム〉という限りなく人間に近く、それでいて人間よりも強力な器を与《あた》えられた、ネフィの妹である。

男の方はリチャード。二十歳《はたち》の身の上でなかなかの剣《けん》の腕を持つが、平の聖騎士だった、者だ。それがいまは、平の聖騎士に見合わぬ聖剣《せいけん》を腰《こし》に下げている。

ゴメリのやかましい声は玄関ホール中に響き渡《わた》っていたが、このふたりは他のことに気を取られているというか、それどころではないという様子だった。

「ネフテロスさま、お体の方は大丈夫《だいじょうぶ》ですか？　まだお休みになっていた方が……」

「もう、大丈夫だって言ってるじゃない。……というか、リチャード」

「はい、なんでしょう？」

フォークでハムをついばみながら、ネフテロスは恥ずかしそうに耳を震《ふる》わせて睨《にら》む。

「あなた、いつまで、その呼び方をするつもり？」

「と、おっしゃいますと……？」

じれったくなったのか、ネフテロスはフォークから手を離《はな》してリチャードの裾《すそ》をキュッと掴《つか》む。

「私とあなたは、主従みたいな関係ではない……のでしょう？」

とても顔を直視できないといった様子で視線を逸らしながら、ネフテロスはそう言った。

「……ッ！　で、では、その」

息を呑《の》んで目を見開くも、リチャードは紳士《しんし》だ。

「ネフテロス」

おっかなびっくり、それでもはっきりとした口調でその名を呼ばれ、ネフテロスのツンと尖った耳がかつてないくらい嬉しそうにピコピコ揺れた。

「……うん」

ついつい盗《ぬす》み聞きしていたザガンとネフィは、思わず涙《なみだ》まで浮かんだ。

（あの子が、あんなふうに甘えられるようになるなんて……）

（うむ。リチャードのやつも褒《ほ》めてやらねばな）

かつてはその非力さゆえ、交際にも難色を示したザガンだが、いまのリチャードは聖剣を手にし、〈アザゼル〉の中からネフテロスを連れ戻したのだ。これを認められぬようでは王としても男としても狭量《きょうりょう》の極《きわ》みというものである。

そんな光景を見せつけられてあのおばあちゃんがじっとしていられるはずもなく、ゴメリが奇声《きせい》を上げる。

「これはなんとしたことか！　妾の知らぬ新たな愛で力が芽吹《めぶ》いておるじゃとおっ？」

ギュリリリッと車輪が滑《すべ》り、車椅子が飛ぶようにふたりの元へと飛来する。

「ひえっ？」

ネフテロスが驚《おどろ》いて飛び上がり、リチャードの腕にしがみ付く。

それによって平静を取り繕《つくろ》ってきたリチャードの微笑《びしょう》も崩《くず》れ、若者らしく顔を赤らめうろたえ始める。

「ネ、ネフテロス、あの、近い……です」

「ふぇ……？」

リチャードがそんな反応を示すのは初めて見たのだろう。これにはネフテロスもぽかんとして口を開くも、それからどこか嬉しそうに耳の先を震わせた。

「ほう……。ゴメリめ、よい仕事をする」

「ザガンさま、笑ってないで止めてあげてください。せっかくふたりともよい雰囲気《ふんいき》でしたのに……」

さすがにこのおばあちゃんを放置しておくといろいろ問題である。もう少しネフィとふたりきりの時間を楽しみたかったが、ザガンは重い腰を上げてゴメリを追いかける。

とはいえ、ザガンが止めるまでもなくゴメリは車椅子ごとひょいと抱え上げられる。

「ゴメリさん。みなさんにご迷惑《めいわく》をかけないでください」

キメリエスだった。

こちらもあちこち包帯を巻いており、未だ万全《ばんぜん》とは言い難《がた》い様子だがなんとか起き上がれるようにはなったらしい。まあ、ザガンと殴《なぐ》り合った上に数千の〈ネフェリム〉をひとりで止めたのだ。相応に無理もしたので当然ではある。

そんなキメリエスの顔を見て、シャックスもホッとしたように胸をなで下ろす。

「ありがてえ、キメリエスの旦那《だんな》。俺じゃゴメリの姐さんは止められないからな」

「ご迷惑おかけしました。でもシャックスさん。あなたはもう、僕《ぼく》より格の高い〈魔王〉になったんです。あまり簡単に頭を下げてはいけませんよ。あなたが守るべき人のためにも」

厳しい言葉に、シャックスも思うところはあるのだろう。猫背《ねこぜ》から胸を張って頷いた。

「確かにその通りだな。ありがとうよ、キメリエス」

「どういたしまして」

それから、シャックスは改まった様子でキメリエスに向き直る。

「キメリエス、あんたに相談したいことがある」

「……？　なんでしょう」

「はーなーせー！」

ゴメリの車椅子を抱えたまま首を傾《かし》げるキメリエスに、シャックスは言う。

「〈魔王〉になった以上、俺は通り名を持たなければいけないらしいんだ」

ザガンもそうだったが〈魔王〉を名乗る以上、通り名は必要なのだ。

シャックスは意を決したように口を開いた。

「俺は《虎《とら》の王》の名を継ごうかと思うんだ」

その言葉には、キメリエスだけでなくこの場にいる全員が目を丸くした。

「なぜ、それを僕におっしゃるんですか？」

「あんたは師匠《ししょう》のダチだったんだろう？　だから、あんたの了解《りょうかい》がほしい」

シャックスは空の見えない天井《てんじょう》を見上げる。

「結局、師匠とは最期《さいご》まで顔を合わせることもできなかった。向こうは俺なんかなんとも思ってなかったかもしれないが、でも俺はなにかしらの決着を付けなきゃいけないんだ」

「それが、《虎の王》を継ぐことなんですか？」

「……ああ」

この男なりに考えてのことなのだろう。

迷うように視線を向けてくるキメリエスに、ザガンは頷き返した。

「よいのではないか？　シアカーンは悪逆非道の〈魔王〉であると同時に、ただ愛《いと》しい者を取り返したいだけの、優《やさ》しい男でもあった。やつのそんな部分を拾ってやる誰《だれ》かがいたっていいだろう」

「それも、やり直すチャンスってやつなのかい、ボス？」

からかうような言葉に、ザガンは肩《かた》を竦《すく》める。これは、シアカーンを友と呼んだザガンからの餞《はなむけ》でもあるのだ。

「……妾も、よいと思うぞえ」

そこに続いたのは、意外なことにゴメリだった。

「八百年前、世界を救うはずだった彼らの力を受け継ぐのは、そなただけじゃ。その名前を継ぐのも、そなた以外におるまい」

それは普段の愛で力がどうとか騒《さわ》ぐそれとはかけ離れた、真面目《まじめ》な声音《こわね》だった。

「ゴメリ、お前シアカーンの過去についてなにか知っているのか？」

「……まあ、それに関しては後ほど報告するのじゃ」

戦の直後ということもあって、ザガンもまだ事後処理を終えていない。ゴメリはゴメリでただならぬ情報を持ち帰ったようだ。

そんなゴメリとザガンを横目に、キメリエスも頷いた。

「僕も、異論はありません。シャックスさん、あなたならシアカーンみたいに間違《まちが》えたりしないと思います。あいつの名前を、連れていってやってください」

シャックスが確かに頷くのを見届けて、ザガンは宣言する。


「決まりだな。これより〈魔王〉シャックスの通り名を《虎の王》とする！」


魔術師も聖騎士も関係なく、みんなグラスを掲《かか》げて祝福の声を上げる。

そんな拍手《はくしゅ》に交じって、聞きたくもない声が聞こえてきた。


「――うぅ、感動的だなあ。おじさん、久しぶりに目頭《めがしら》が熱くなっちまったぜ」


「「「…………」」」

突然《とつぜん》現れたその声に、全員が浮かべたのは畏怖《いふ》や警戒《けいかい》ではなく、嫌《いや》そうな表情だった。

さすがにこれを追い払《はら》うのは自分がやらねば仕方がない。ザガンはしぶしぶ口を開いた。

「アンドレアルフス。貴様を招待した覚えはないのだが？」

先代〈魔王〉アンドレアルフス。シャックスが持つ〈刻印〉の前の持ち主だった。

洗礼鎧《よろい》はなく、そこらの普通《ふつう》の一般人のようなシャツとズボン姿で威厳《いげん》の欠片《かけら》もない。

傀儡《かいらい》として操《あやつ》られ、黒花《くろか》に散々斬《き》られたせいだろう。顔の切り傷がいくつか増えている。

味方にいてもなんの役にも立たないくせに、敵になると果てしなく厄介《やっかい》だったのだ。周囲の反応も無理からぬことではあった。

アンドレアルフスは親しげにシャックスの肩を叩《たた》く。

「いやあ、お前さん大した腕してるな。俺もまさかあの状態から蘇生《そせい》してもらえるとは思わなかったぜ。さすが俺の〈刻印〉を受け継いでくれた男だ！」

「え、いやまあ、傀儡にはかけられてたけど、あんた普通に生きてたじゃないか……」

あの戦場で、シャックスは敵味方問わず生存者の治療に奔走《ほんそう》した。その中に、この男はしれっと混じっていたのである。

悪びれた様子も見せぬ先代〈魔王〉に、キメリエスがゴメリの車椅子を降ろして腰を折る。

「初めまして。あなたが先代〈魔王〉アンドレアルフスさんですね？　僕はキメリエスと言います」

「ああ。お前さんの名前は俺も聞いてるぜ」

「恐縮《きようしゆく》です。恐縮ついでに、ひとつ失礼しますね」

紳士《しんし》的《てき》かつ穏《おだ》やかな笑顔《えがお》で、キメリエスはぽんとアンドレアルフスの肩を摑んだ。

「へ――？」

「があっ！」

そして、キメリエスの拳《こぶし》がアンドレアルフスの顔面を抉《えぐ》った。

「あれがあなたの意思でないことは理解しますが、それでもあなたがゴメリさんを傷つけたことに変わりはありません。申し訳ありませんが、一発殴らせてもらいました」

アンドレアルフスは顔面から床《ゆか》にめり込《こ》み、ピクリとも動かなくなる。

──あーあ、わざと食《く》らってやるつもりだったんだろうけどなあ。

たぶん、この男としては一発殴られた上で「ふっ、これでチャラだぜ？」とか言うつもりだったのだろう。

だがキメリエスはザガンに唯一《ゆいいつ》〈刻印〉を使わせた男である。加えてアンドレアルフスも魔術的《まじゅつてき》な装備を失い丸腰《まるごし》である。その拳は元〈魔王〉の想定をだいぶ超えていたらしく、身構える間もなく床にめり込んでいた。

そこにゴメリが珍《めずら》しくうろたえた声を上げる。

「キ、キメリ、妾は無事だったからしてじゃな、そんなに怒《おこ》らなくても……」

「駄目です。ゴメリさんの怪我《けが》は、ザガンさんがいなかったら助からないくらい深かったんですから」

「もう、殴ったのだからよいであろう？　機嫌《きげん》を直すのじゃ」

そう言ってキメリエスの腕をぐいぐい引っ張るゴメリは、美女の姿……ではなかった。

十六、七歳《さい》ほどだろうか。ネフィと同年代くらいに見える少女の姿だ。顔にも幼さが残っており、それでいて凜々《りり》しくもある美しい少女だ。これがどうしてあのおばあちゃんになるのか理解に苦しむ。

その姿にキメリエスも目を丸くして、そのまま少女のゴメリを隠すように抱きしめる。

「にゅあっ？」

「ゴメリさん。年齢戻《ねんれいもど》ってます」

「ふえ？　あ、ああー、わかった。わかったというに！」

どうやら見られては困る……というか、キメリエスが見せたくない姿だったらしい。

――そうか。疲弊《ひへい》しすぎて年齢操作も解けたのか。

だったらおとなしく寝《ね》ていろと思うが、あれはゴメリなので仕方がないのだろう。せめてもの情けに、ザガンたちは懸命《けんめい》に視線を逸らした。

そこに、グビッと誰かが喉《のど》を鳴らす音が響く。

「んっんー！　いいわよ同志ゴメリ、いまのあなた最高に乙女《おとめ》よ！」

ジョッキを空にしたマニュエラだった。そのままッターンと音を立ててジョッキをテーブルに置くと、ビシッとゴメリ……ではなくセルフィを指さす。

「セルフィちゃん！　樽《たる》空になっちゃった。おかわりどこ？」

「うええっ？　空って、さっき出したばかりッスよ？」

ぼんやりひとりで料理をつまんでいたセルフィが悲鳴を上げる。

「ここにいるとお酒が進むから仕方ないのよ。かつてないくらい進んでるわよ！」

すっかりできあがっている酔《よ》っ払《ぱら》いに、ザガンも頭を抱えた。

「すまんが、誰か代わりを持ってきてやってくれ。厨房に予備があるはずだ」

「アニキ！　俺が取ってくるよ」

ザガンが呼びかけると、すぐさま反応してくれたのはフルカスだった。

ザガンの陣営《じんえい》に与《くみ》する最後の〈魔王〉である。もっとも、いまはその記憶も失い、魔術師としては駆け出しもいいところだ。それでも、最前線で屍竜《しりゅう》オロバスと戦ったはずなのだが、元気いっぱいに走っていく。

「ああもう、アンタひとりじゃ抱えられないでしょ？」

それを、仕方なさそうに夢魔《むま》の少女リリスが追いかけていく。どうやら、このふたりはいっしょに食事をしていたらしい。

「嗚呼《ああ》……。また妾の知らぬ愛で力が……！」

キメリエスの腕の下で、ゴメリが口惜《くちお》しそうに手を伸《の》ばす。

そんなふうにふたりの後ろ姿を見つめていたのは、ゴメリだけではなかった。

ぼんやり立ち尽《つ》くすセルフィに、ザガンはそっと声をかける。

「放っておいていいのか？」

「……そッスね。今日だけは、リリスちゃんを貸してあげるッス」

ふむ、とザガンがなにも言わずに隣《となり》にいてやると、ややあってセルフィは口を開いた。

「ザガンさん、キュアノエイデスが竜《りゅう》に攻撃《こうげき》されるかもって言ったじゃないッスか？」

屍竜オロバスがキュアノエイデスの戦場に出現する可能性は、ザガンも考えていた。それゆえ、万が一攻撃された場合はセルフィとリリスで対処するよう命じておいたのだ。

「あのとき、攻撃は一発しか来なかったんスよ。あたしは、遠くで受け止めるだけでも怖《こわ》くて腰が抜《ぬ》けそうだったのに、あの人、真っ正面から全部防いだんス」

なにかを堪《こら》えるように下唇《したくちびる》を噛《か》んで、それからセルフィはいつものように笑った。

「だから、今日は譲《ゆず》ってあげることにしたッス」

ザガンはその顔を見ないようにしつつ、ポンと頭を撫《な》でてやった。

「お前も、よくがんばったな」

「……はいッス」

そうしてフルカスたちが次の酒樽《さかだる》を運んできたころ、玄関ホールの扉《とびら》が開いた。

「ただいま戻りました」

黒花だった。

この少女も重傷を負いはしたが、どっかの新しい《虎の王》が最優先で治療したおかげで一足先に動けるようになったのだ。それで地上の教会へ報告に出向いてきたところだ。

黒花は二股《ふたまた》のしっぽを揺らしてシャックスの元へ駆けていく。

「おかえりクロスケ」

「はい。ただいまです」

どうやらとうとうあのラーファエルがふたりの仲を認めた……というよりシャックスが観念したというべきか。とにかく黒花が無言で頭を近づけると、シャックスは慣れた様子でそれを撫でていた。

しばらく好きにさせてやりたい気はしたが、教会がどうなっているかはザガンも気に懸《か》けている。ふたりに声をかけた。

「ご苦労だったな。教会の方はどうだった？」

「はい。お父さまが取りまとめているので特に混乱……えっと、大きな混乱はありませんでした。負傷者の数はわかっていませんが、いまのところ全員一命を取り留《と》めたようです」

ザガンがもっとも信頼《しんらい》する執事《しつじ》ラーファエルは、いまここにいない。

〈ネフェリム〉との戦で指揮を執《と》っていたため、その後の処理も担当しているのだ。戻ってきたら黒花と旅行に行けるくらいの休暇《きゅうか》は与えた方がいいだろう。

ただ、本来その役割を負うべき者は他にいるのだ。

黒花が言いにくそうに、その人物へと視線を向ける。

玄関ホールの片隅《かたすみ》に、この世の終わりみたいな顔をしてうずくまるふたり組がいた。

「もうお終《しま》いだ。教会に帰れない……」

「今度こそ〈魔王〉になれるはずだったのに……」

めそめそと泣いている少女はシャスティル。その隣で陰鬱《いんうつ》な泣きっ面《つら》を浮かべているのがバルバロスである。これにはザガンですら気まずい気持ちになってきた。

「ああっと、やっぱり大事になっているのか……？」

黒花も小さく頷き、言いにくそうに口を開いた。

「シャスティルさまが、戦闘《せんとう》中に魔術師と駆け落ちをした、と……」

シャスティルは〈アザゼル〉に囚われたネフテロスを救うため、キュアノエイデスを離れて奮闘《ふんとう》した。

それについてはザガンも感謝しているが、よりによって〈ネフェリム〉の軍勢と衝突《しょうとつ》中に姿を消してしまったらしい。しかも、行く行かないでバルバロスと揉《も》めたらしく、それは残された者からすると駆け落ちのようにしか見えなかったらしい。

シャスティルとバルバロスが涙ぐんで立ち上がる。

「違うもん！　駆け落ちじゃないもん！　私はただ友達《ネフテロス》を助けに行っただけだもん！」

「ふざけんな！　なんで俺が駆け落ちなんかしなきゃいけねえんだ。逃《に》げる必要なんかねえだろうが！」

「え？」

「え？」

自分がなにを口走ったのかようやく自覚したのだろう。バルバロスの顔が見る見る赤くなった。

「違《ちげ》えから！　そういうのじゃ……って、あああっ、もう帰る！」

「え、行っちゃうのか……？」

逃げる必要がないと言った直後に逃亡《とうぼう》を決め込もうとするバルバロスに、シャスティルが捨てられた子犬のような顔をする。

すでに半分〝影《かげ》〟に飛び込んでいたバルバロスは、ギャンブルで全財産失ったような顔をして戻ってきた。

——お前そこでシャスティル連れて逃げればいいのに、なんで戻ってくるんだ？

しかしよくよく考えてみると、バルバロスがシャスティルの意思を確かめずに〝影〟を使うところは見たことがない。それでいて、この状況《じょうきょう》でシャスティルの意思を確かめるということは、自分の言動を説明しなければいけないということでもある。

本当に面倒《めんどう》くさいふたりだった。

「クソッ、酒だ。なんでもいいから酒持ってこい！」

「……ほらよ」

なんだかザガンが見ても哀《あわ》れに思えてきて、強めの酒瓶《さかびん》をひとつ手渡《てわた》してやった。

混沌《こんとん》を極める祝賀会に、ポンと手を叩く音が響く。

「みなさん。本日は無礼講とはいえ、限度はわきまえてくださいね？」

「「「……はーい」」」

穏やかに微笑むネフィのひと言で、騒乱《そうらん》はすぐさま終息した。

騒ぎが落ち着いたのを見計らって、また次の者がザガンに声をかけてくる。

「相変わらずあんたの周りは賑《にぎ》やかだな、ボス」

「べヘモス。それにレヴィアタンか。お前たちもご苦労だったな」

べヘモスとレヴィア。男の方は顔を拘束帯《こうそく》で覆《おお》い、女の方は拘束服に身を包んでいる。

ふたり組みの魔術師《まじゅつし》だが、ザガンもこのふたりを探していたところだった。

「無茶《むちゃ》をやらかしたと聞いていたが、その様子では無事そうだな」

両腕《りょううで》まで拘束されているレヴィアに、べヘモスが慣れた調子で料理を食べさせている。

「うん。シャックスは腕がいい。それに、あの子が看病してくれたから」

レヴィアが目を向けた先にいたのは、セルフィだった。視線に気付くと、セイレーンの少女は脳天気に笑顔を返す。どちらも碧《あお》い髪《かみ》のセイレーンである。

「お前たち、交流はあるのか？」

「ときどき？　魔王殿《まおうでん》で会ったら話をするくらい」

同族……いや、血縁として気にはかけているようだ。

ザガンがふたりの様子を確かめると、べヘモスがなにか察したように肩を竦める。

「あいにくと、シアカーンが死んでも呪《のろ》いは解けなかったらしい」

夜はべヘモスが異形の魔獣《まじゅう》となり、昼はレヴィアは理性なき海竜《かいりゅう》となってしまう。それがふたりがシアカーンからかけられた呪いだった。

「気にしなくていい。ザガンがくれた拘束帯のおかげで、私はまたべヘモスと会えた」

彼らの体を覆う拘束帯は、ザガンが〈天鱗《てんりん》〉を編《あ》み込んだ魔道具《ま》だ。これが外部からの魔力を絶っているから、彼らは人の姿でいられる。

「見くびるな。拘束帯はただの応急処置だ。貴様らの呪いはいずれ必ず解いてみせる」

その言葉に、べヘモスとレヴィアは自然と笑顔を返した。

「へへ、頼《たよ》りにしてるぜ、ボス」

「ありがとう。でも、私たちより、あの子のことを守ってあげて」

レヴィアが見つめた先では、セルフィがいつもの元気な声を上げていた。

「ゴメリ姐さん……って、いまはゴメリちゃんスかね？　お帰りなさいッス。話したいこといろいろあるッスよ」

「きひっ、そうであった。そのために妾はここまで来たのじゃ。のう、同志マニュエラ！」

その言葉に応《こた》えるように、マニュエラが立ち上がる。……その手には新たに麦酒《エール》で満たされたジョッキが握られているが。

「──ここにキュアノエイデス愛で力定例会を開始する！」

「わー！」

なにも考えずにセルフィが拍手を送る。

──セルフィのやつ、本当に強くなったな。

自分が落ち込んでいるとリリスが心配するし、そうなると譲ると宣言したにも拘《かか》わらずフルカスの邪魔《じゃま》をしてしまう。だから、こうして元気に振る舞っているのだ。それでいて、この貸しはすぐに取り返すという強固な意志も感じられる。

マニュエラたちはどこからともなくテーブルと椅子《いす》を運んできて、玄関ホールの片隅で勝手に魔女集会を始める。関《かか》わり合いになりたくない者たちがそそくさと離れていくが。

そこに引っ張ってこられたのはクーだった。

「主任殿《どの》！　なんでクーまで連れてこられるのでありますかっ？」

「ふふ、白を切ろうとしても無駄《むだ》よ。クー、あなたはすでにこちら側でしょう？」

——あー……。やっぱりこいつもうダメだったか。

薄々《うすうす》そんな気はしていたが、クーはすでにゴメリたちに毒されていたようだ。

クーはゆっくりと首を横に振る。

「いや、いまさらそれは否定しないですけど……教会に修道女見習いの友達がいるんですけど、あの子の方がクーなんかよりよっぽど才能ありそうなんですよね」

「……へえ？　それは興味深いわね。今度連れてらっしゃい？」

——こんなのがまだ他にいるの？

さすがにザガンも渋面《じゅうめん》を隠《かく》せなかった。

司会はどうやらゴメリらしい。上座に位置取り、その隣にマニュエラが、反対側にクーが腰をかける。そこにセルフィが料理と菓子《かし》を装《よそ》った大皿を運んできた。

「では妾が留守中の愛《め》で話《ばなし》を聞かせてもらうのじゃ！」

「んっんー、でもアタシとしてはいまの同志の姿について聞きたいところだけれど？」

キメリエスから離れたいまも、ゴメリは十代の姿のままだった。まあ、魔力が底をついていては年齢操作もままならないだろう。

ゴメリは露骨《ろこつ》に視線を逸らす。

「わ、妾のことは別によかろう？　というか同志マニュエラ。そなたの方こそ浮いた話のひとつくらい聞かせるのじゃ」

「ない！　なんでかしらね……。アタシがおもちゃにしたらみんな逃げ出しちゃうのよ」

マニュエラの欲望を受け止められる人間などこの世界に存在するのだろうか。甚《はなは》だ疑問ではあったが、それを受け止めてくれる者でなければパートナーとは呼べないのだ。

「この際、もう女の子でもいいんだけど」

「こっち見んなです主任殿」

確かにクーはマニュエラから玩具《おもちゃ》にされ続けながら、それを乗り越《こ》えることができた希《け》有《う》な存在である。

ゴメリがこほんと咳払《せきばら》いをする。

「まあ、待つのじゃ。ここで揉めては定例会が進まぬ。そうじゃのう。ここは言い出しっぺの姿から報告するかのう」

そう言って目を向けられたのは、シャスティルとバルバロスのふたりだった。

ふたりとも目を合わせようとしないものの、細々と同じ皿から料理を突《つつ》いている。

「そういやお前、酒くらい呑まねえのか？」

「私はまだ未成年だぞ？　といっても来月で十八だが」

「ふ、ふーん。まあ、すぐだな。酒のことなら俺《おれ》が教えてやらねえでもねえぞ？」

「ええー……。食べ物に関しては、私はあなたを信用していないのだが……」

「はーっ？　てめえよか俺の方が美味《うま》いもん作れるっての」

「そういうところが信用ならないと言っているのだ」

まあ、なんとか普通に会話ができるくらいには落ち着いたようだ。

マニュエラとクーが神妙《しんみょう》な面持《おもも》ちで座《すわ》り直す。

「聞かせてもらおうかしら」

そうして語られたのは、シアカーンとの全面対決が始まる少し前。ザガンが城に大浴場を作り、初めて〈アザゼル〉と対決した夜から数日後の話だった。

第一章 ✡ 幽霊屋敷のドッペルゲンガー

一

「――クソ、駄目《だめ》だ安定しねえ」

暗闇《くらやみ》の中、ひとりの魔術師が毒突《どくづ》いていた。

一片《いっぺん》の光すら届かず、そこが広いのか狭《せま》いのか、洞窟《どうくつ》なのか室内なのか、そもそも天地や左右という概念《がいねん》すらあるのかもわからない常闇《とこやみ》の空間。

響《ひび》く魔術師の声すら反響《はんきょう》することなく飲まれてしまい、そこに他の誰かがいたところで魔術師との距離《きょり》すら摑《つか》めまい。

ここはそう作られた世界なのだ。

この世界の名は〈煉獄《れんごく》〉――同じ通り名を与えられた魔術師の亜空間《あくうかん》である。

そんな場所で、しかし魔術師にだけはそこになにがあるのか把握《はあく》できていた。

汚《よご》れた試験管や魔道書が無造作に放置された研究台に、煤《すす》だらけの本棚《ほんだな》。その棚《たな》から乱雑にはたき落とされたらしい、十年以上放置された髑髏《しゃれこうべ》や、錆《さ》びて使い物にならなくなった拷問《ごうもん》器具の数々。

おっと、数日前にかじったサンドイッチを踏《ふ》みつけてしまったようだ。魔術師は嫌そうな顔をして靴底《くつぞこ》にへばりついたそれを指先で剥《は》がすと、また部屋の片隅に放《ほう》り投《な》げる。また翌日には同じように踏みつけることになるだろうに……。

「このままじゃ埒《らち》が明かねえな」

ため息をもらして、魔術師はどっかりと椅子に腰を下ろす。

この空間を構築する魔《ま》法陣《ほうじん》の数々が軋《きし》むように悲鳴を上げ、危険を示す信号を放っている。放っておけば数刻後には〈煉獄〉は崩壊《ほうかい》し、亜空間へと消滅《しょうめつ》してしまうだろう。

並の魔術師ならば百人がかりで修復にあたっても一晩と保《も》たぬだろう非常事態。しかしながらこの〈煉獄〉がこんな状態に陥《おちい》ってから、すでに三日が過ぎようとしていた。

それはつまり、一歩間違《まちが》えれば亜空間に消滅する危機的状況下で、この世界の修復、再構築といった悪夢めいた作業を、この魔術師がたったひとりでそれだけの時間続けてきたということである。

もはや人外とさえ呼べる処理能力だが、分野は違えど一年前魔王《まおう》候補に選ばれた者たちは当然のように持ち得た力だった。

「……やっぱ、あんときの〝あいつ〟が原因か？」

それは三日前の夜の話だ。

魔術師は悪友と共に恐《おそ》るべき災厄《さいやく》と戦った。

逃げればいい話ではあった。その災厄は〈魔王〉クラスの魔術師ですら手に余る化け物で、悪友はいずれ倒《たお》すべき相手でもある。共倒《ともだお》れしてくれれば万々歳《ばんばんざい》。そこで戦うことになんら価値はないはずだった。

なのに、逃げようとしたそのとき、恐ろしく愚直《ぐちょく》で不器用な少女の顔が脳裏《のうり》を過《よぎ》ってしまった。

彼女《かのじょ》はここで逃げないだろう。

戦いを挑《いど》んでしまうだろう。

そして命を落とすだろう。

自分の後ろには、そんな少女がいるのだ。そう気付いてしまったときには悪友に手を貸し、戦ってしまっていた。

思い返すとなんかこう、胸の辺りが息苦しいようなむずがゆいような、やるせない感覚に襲《おそ》われ、魔術師は拳でトントンと自分の胸を叩く。

「……我ながら、つまんねえことしたもんだぜ」

そのツケが、いまのこの有様である。

あの災厄との戦いに、魔術師《まじゅつし》はもちろんこの空間を使った。ここは数多《あまた》の魔術を搭載《とうさい》した要塞《ようさい》なのだ。ここから直接外側を攻撃すれば、悪友の〝魔術喰《まじゅつく》らい〟ですら防ぎようがない。やりようによっては〈魔王〉すら殺せる切り札である。

そんな〈煉獄〉からの攻撃を、しかしあの災厄は逆に浸蝕《しんしょく》した。

やれるべき対処は全《すべ》て試《ため》してみたが、駄目だった。立ち直ったと思っても、数刻後にはまた浸蝕が始まって危険信号が明滅《めいめつ》する。

――こりゃ空間への打撃《だげき》なんて簡単な話じゃねえな。

あまりに強大な力は時間や空間さえも歪《ゆが》めるという。事実、夜空に浮《う》かぶ星々はあまりに強大な質量ゆえに空間を歪め、本来背後にあって見えないはずの星さえ見せてしまうことがあるのだ。

あの災厄の力も次元を超え、世界を流れる霊脈《れいみゃく》、時の流れさえも歪めている可能性がある。こうなってしまったら、もはやいかなる手段を用いても〈煉獄〉を亜空間に留めることは不可能だろう。

となると、もはや残る手はひとつしかない。

「……しゃあねえな。一度〝表〟に出るか」

こうして〈煉獄〉と呼ばれる小さな世界は、陽《ひ》の光というものを浴びることになる。

実に、十年ぶりのことだった。

二

「――ザガン、幽霊屋敷というのに行ってみたい」

昼下がりのザガン居城にて、娘《むすめ》のフォルがそんなことを言ってきた。

午前中、フォルはネフィと共に街に買い出しに行っていた。いまでは交易なども始めたこともあって、大抵《たいてい》の物資は城まで運んでもらえるようになっている。だが夕食の献立《こんだて》を考えたりするこの時間は、ふたりにとって大切な時間なのだ。

そこでなにを見聞きしたのか、フォルはこんなことを言ってきたのだ。

ザガンは眉《まゆ》をひそめる。

「幽霊屋敷……とは、なんだ？」

当然の疑問に、フォルは胸を張ってこう語った。

「あのね、ゴーストがいっぱいいて、みんなで追いかけっこしたり騒いだりして遊ぶところ。マニュエラが言ってた」

「またあの女か……」

外ではマニュエラ、内ではゴメリがなにかしらの騒ぎを起こすのだ。ザガンの平穏《へいおん》を脅《おびや》かすことになんの得があるのかは知らないが、娘に変なことを教えるのは本当にやめてもらいたい。

頭痛を覚えて、ふと疑問を抱《いだ》く。

「ふむ？　ゴーストとは、一般人《いっぱんじん》にはそこそこ有害なものではなかったか？」

「そうなの？」

フォルはよく知らないようで、きょとんとして首を傾げる。

魔術師として並程度の力があれば特に驚異《きょうい》ではないが、一般人だと抵抗《ていこう》の術《すべ》がなかったような気がする。

というか、魔術師にしたってあまりよいイメージは持っていない。驚異云々《きょういうんぬん》以前に、勝手に家に入ってくる害虫のような感覚である。

――なのに、ゴーストを使った遊戯《ゆうぎ》などが流行《はや》るものなのか？

そもそも、あんなものでどうやって遊ぶのだろうか。どこかの魔術師が小銭稼《こぜにかせ》ぎにそんなことをやっているのかもしれないが、いささか不可解だった。

悲しいかな、ここに間違いを指摘《してき》できる者はいなかった。

片や生きた人間ほど怖いものはない——パンを盗《ぬす》まれた人間は鬼《おに》の形相で追いかけてくる——という少年時代を過ごした〈魔王〉。片や人里に降りたこと自体が一年前という幼竜。ネフィにしてもエルフの隠《かく》れ里《ざと》で軟禁《なんきん》状態だった。

誰も〝肝試《きもだめ》し〟という文化を知らないのである。

少し考えてから、ザガンは軽く頷《うなず》いた。

「ふうむ。まあよかろう。場所はキュアノエイデスか？」

「いいの？」

「最近、シアカーンやビフロンスのせいであまり遊べていなかったからな。大浴場も完成したことだし、息抜《いきぬ》きにはちょうどよかろう」

そう答えると、フォルは素直《すなお》に破顔した。

——いかんな。どうやらフォルにも色々我慢《がまん》させてしまっていたようだ。

娘に普通の子供が得られるだろう当たり前の時間を与《あた》えるのは、ザガンの目標のひとつである。それをおろそかにしてなにが父親か。

それから、フォルはぴょんとザガンの膝《ひざ》に飛び乗るように手をついて言う。

「ネフィもいっしょに行ける？」

「ああ。いま声をかけておけば夕方には出かけられるであろう」

「じゃあ言ってくる！」

嬉《うれ》しそうにパタパタと走っていく娘の背中を見送り、ザガンも我知らず笑《え》みがこぼれる。

その背中が見えなくなると、不意に難しい顔を作った。

「しかし、ゴーストか……。気を引き締《し》めねばならんな」

ゴーストを見て楽しむような施設《しせつ》なら、そのゴーストを消滅させてしまわないよう、気をつけねばなるまい。

よほどの腕《うで》の術者が使役《しえき》しても〈魔王《まおう》〉の魔力にあてられたら、ゴーストなどひとたまりもなく消し飛んでしまう。〈魔王の刻印〉はもちろんのこと、ザガン自身やフォル、ネフィの魔力も外にもれないように気を遣《つか》ってやる必要がある。

せっかくフォルが興味を示した遊戯なのだから、楽しむための配慮《はいりよ》は入念にしなければならないのだ。

この時点で、恐らくはマニュエラが期待しただろう〝ネフィやフォルが怖がって起きるハプニング〟という可能性は完全に消滅した。

代わりに、別の者が被害《ひがい》をこうむることになるのだが、それはまた別の話だった。

三

「どうかしたの、シャスティル?」

キュアノエイデス教会執務室《しつむしつ》。

本日も緋色《ひいろ》の髪を頭の横で束ね、蝶《ちょう》の髪飾《かみかざ》りで留《と》めている。執務《しつむ》の最中ということもあり、普段《ふだん》のポンコツの化身《けしん》たる姿は影をひそめ、まるで立派な司教であるかのように凛《りん》としている。

声をかけてきたのは助手を務めてくれている褐色肌《かっしょくはだ》のエルフの少女――ネフテロスだ。

少し前までずいぶん具合が悪そうにしていたが、ここのところは調子も持ち直したようで顔色もいい。おかげでシャスティルも遠慮《えんりょ》なく頼っていた。

いつの間にかシャスティルは筆も止まっており、書類の山は数分前からまったく減っていない……どころか増えてしまっている。

普段、ほんの少しだけうっかりしたところのある自分だが〝職務中〟として気を張っているときにこんなミスをすることは珍しい。

「なにか、妙《みょう》な悪寒《おかん》が走ってだな……いや、大丈夫《だいじょうぶ》だ」

まあ、その悪寒のおかげで我に返ったのだ。ネフテロスが心配しているのは手が止まっていたことの方だろう。

気を引き締めるために自分の頬《ほお》を叩くと、ネフテロスも気遣《きづか》うような顔をする。

「なに、悩《なや》み事《ごと》？　私でよかったら聞いてあげるけど……？」

「いや、悩みというほどのものではないのだが……」

歯切れの悪い言葉を返しながら、シャスティルは自分の足下《あしもと》――正確にはそこに広がる〝影〟を見遣《みや》った。

「ここ数日、バルバロスが姿を現さないのだ。まったく反応がなくなったわけではないのだが……」

話しかけても返事は希《まれ》で、あっても上の空だ。〝影〟からいなくなってしまったわけではなさそうだが、なんだか距離が遠くなってしまったような気分だ。

――ザガンの城でお風呂《ふろ》を作った日から、少し様子がおかしかった気がする。

あれでバルバロスは〈魔王〉ザガンと対等に戦えるほどの魔術師なのだ。万にひとつのこともないとは思うが、なんだか気になって仕方がない。

ネフテロスは怪訝《けげん》そうに眉をひそめる。

「別に死んだわけじゃないんでしょ？」

「う、うむ。まあ、たまに返事はあるし、怪我《けが》や病気をしている様子でもなさそうだった」

「なら気にしても仕方がないわよ。むしろ教会的にはいいことなんじゃないの？」

「で、でも……」

　ネフテロスはさらに続ける。

「シャスティル。あなたがどう想《おも》ってるかは知らないけれど、あいつはできるだけ関《かか》わらない方がいいタイプの魔術師よ？」

　ド直球の正論をぶつけられ、シャスティルは呻《うめ》いた。前に黒花《くろか》からも同じ指摘をされたことがある。

「いや、あいつだってごく希にいいところはあるんだぞ？」

「たとえば……？」

「えっ？　ええっと……」

　まるで空想を信《しん》じ込まされている人間でも見るかのように、半ば哀れむようでさえある眼差《まなざ》しを向けられてしまった。

　――ここで私がバルバロスにもいいところがあることを証明してやらなければ、誰《だれ》が証明してやれるというのだ！

　難解な数式にでも挑むかのように、シャスティルは必死で思考を回転させた。

「うーん、あ、そうだ！　私が家で紅茶をひっくり返したときとか割れたカップを直してくれたし、床《ゆか》だって綺麗《きれい》にしてくれたのだぞ？」

夜中だったこともあり、ひとりであわあわと動転していると『あーもうなにやってんだよポンコツ』と言いながら〝影〟の中からぬっと現れ、全部片付けてくれたのだ。これは彼《かれ》の良いところと言えるはずだ。

なのだが、ネフテロスからは余計に呆《あき》れたような顔をされてしまう。

「……あなた、それ平気で自室まで入られてるってことじゃない。抵抗ないの？」

「え……？」

改めて言われると、確かにひどく危《あや》うい状況のような気がしてきて、額からドバドバと汗《あせ》が伝い落ちてきた。

「そ、そんなはずは……いや、でも……」

「ちょっと、本当に大丈夫……？」

自分の迂闊《うかつ》さに動揺《どうよう》していたときだった。

「――クスクスクス、ネフテロス嬢《じょう》、他人のプライベートに口出しするものではないのですわ」

いつの間にか、執務室のソファに小さな少女が腰掛《こしか》けていた。

金色の髪に同じ色の瞳《ひとみ》。膝の上には不気味なぬいぐるみを抱《かか》え、どこから持ち出したのか、来客用の紅茶を勝手に入れている。

「あんた、アルシエラ……？　なんでここに？」

「あらあら、いまさらそれをお訊《き》きになるんですの？　この三日ばかりはずっとここに居ましたのに……」

「――っ？」

これにはシャスティルも気付かなかったので、にわかに顔を強張《こわば》らせた。

――ミヒャエル殿《どの》……〈魔王〉アンドレアルフスすら一蹴《いっしゅう》した吸血鬼殿《きゅうけつき》か。

正直、彼女に本気を出されたら、洗礼鎧《よろい》を身に着けていない自分では相手にもならないだろう。せいぜい、ネフテロスが逃げるだけの時間を稼《かせ》げるかどうか。

ザガンの城から動こうとしなかった彼女が、なぜここにいるのか。それも三日間もの間貼《は》り付かれていたのに、まるで感知できなかった。

恐ろしい相手だとわかっていたつもりだったが、まったく甘《あま》い認識《にんしき》だったのだと思い知らされる。

警戒《けいかい》するシャスティルに、しかしネフテロスは冷静に手を握《にぎ》ってくれた。

（大丈夫よ。なにかするつもりだったらとっくにされてるし、お義兄《にい》ちゃんが生かしているってことは敵じゃあないわ。……ネフェリアの言葉を信じるなら、だけど）

（……ああ。わかっている。ありがとう、ネフテロス）

囁《ささや》くように確かめ合っていると、どういうわけかアルシエラの方が困惑《こんわく》するように目を丸くしていた。

「えっと、なにか？」

恐る恐る問いかけると、アルシエラはなにやら葛藤《かっとう》するように額に手をやる。

「……いえ、最近そういった反応をされていなかったもので、なんだか懐《なつ》かしいような困ったような、どう反応したらいいのかとっさに思い出せなくて」

「「あー……」」

シャスティルとネフテロスは同情めいた声をもらす。なんかもう、その言葉だけで察したような気がした。

三か月もザガンの城にいれば、大抵は振《ふ》り回されていじられる側に立たされてしまう。

――そうだよな。ザガンのところにいるとみんなポンコツになってしまうものな！　そういうのは私だけではないものな！

教会勤めのシャスティルたちは面識が薄《うす》かったのだが、とりあえずネフィの言う通り悪い相手ではないようだ。

「ええっと、それで何用でここに来たのか、聞いてもよいのだろうか？」

「あ、ええ……。少し確かめたいことがあったものですから。まあ、危害を加えるつもりはありませんから、お気になさらないでくださいな」

「気にするなと言われても、ここは私の執務室なのだが……」

ザガンの城の住人は自由《マイペース》過ぎてシャスティルの手には負えない。

ため息をもらしていると、アルシエラはまたクスクスと笑い声を上げる。

「それより、貴姉《あなた》の悩み事についてではありませんの？」

「え？　ええっと……バルバロスのこと、なにか知っているのか？」

「どこでなにをしているかくらいなら、知っていますわね」

――それ、全部知ってるってことじゃないのか？

なぜこの吸血鬼はこうも回りくどいというか、もったいぶった言い方をするのだろう。

なんだか頭が痛くなってきたが、いまのシャスティルは〝職務中〟なのだ。気をしっかかりと持って問いかける。

「それで、バルバロスの身になにがあったのだ？　その、普段から助けられている。困っているようなら、力になってやりたいのだが……」

そう打ち明けると、アルシエラはなんでもなさそうにティーカップを傾《かたむ》ける。

「それには及《およ》びませんわ。あの男、単に自分の研究室でトラブルが発生してその対処に忙《ぼう》殺《さつ》されているだけなのですわ。聖騎士の貴姉が行っても役には立ちませんわ。……まあ、慰《なぐさ》めにはなるでしょうけれど」

「な、なななな慰めっ？」

男女で慰めと言ったらまさか……？

思わず顔を赤くすると、アルシエラはおかしそうに笑った。

「あらあら、なにを想像してしまったんですの？　貴姉の顔を見れば元気が出るでしょうという意味で言ったのですけれど」

「あ、あー！　うん。そうだな！　それしかないな！」

思わず裏返った声を返すと、ひとりネフテロスがキョトンとして首を傾《かし》げた。

「慰めって、他にどんな意味があるの？」

「ひううっ？　そ、そそそそれはそのっ」

そういったことは無知なのか、それとも知っていても単純に意味が結びついていないのか、ネフテロスの純真な反応にシャスティルはさらにうろたえた。

「……まあ、年ごろの乙女《おとめ》には口に出せない悩みが多々あるのですわ。察してあげるとよいのです」

「そういうものなの？」

哀れなものでも見たかのように助けられ、なんだか無性《むしょう》に情けなくなった。

コホンと咳払いをして、シャスティルは言う。

「ええっと、ここから近い場所なのだろうか？　少しだけ気になる。執務を終えたら見舞《みま》いにくらい行こうかと思う」

「ええ。歩いても数刻とかからない場所なのですわ」

その場所を聞こうとすると、ネフテロスがふむと困ったような顔をした。

「どうかしたか、ネフテロス？」

「ううん。ちょっと気になる報告があったんだけど、それならこれは私の方で調査しておくわ。リチャードも連れていけば問題ないでしょうし」

「なにか事件か？　どんなものだ」

ネフテロスがにらめっこしていた書類を覗《のぞ》き込《こ》んでみると、どうやら街外れにあるらしい屋敷《やしき》の情報が書かれていた。

「幽霊屋敷……っ？」

「ええ。お義兄ちゃんの領地でもゴーストなんて湧《わ》くのね。平の聖騎士でも対処できるとは思うけれど、流れの魔術師なんかが使役している場合もある。それに近所の子供が入り込んだりしているようだから、念のために私が見ておくわ」

「ま、待て。子供が迷《まよ》い込んでいるなら私が……」

「でもあなた、ゴーストとか苦手でしょう？」

「どうしてそれをっ？」

ざくりと図星を突かれ、シャスティルは言葉に詰《つ》まった。

そうしていると、アルシエラも椅子から腰《こし》を浮かして書類を覗き込んでくる。

「あら……。あらあらあら、これはまた……」

そしてなんだかとても面白《おもしろ》いものを見たように微笑《びしょう》した。

「余計なお世話かもしれませんけれど、これはシャスティル嬢が直接出向いた方がよろしいのですわ」

「え」

思わず顔を強張らせると、アルシエラは困ったように顔を背《そむ》ける。

「まあ、人には向き不向きがあるのですわ。無理にとは言いませんけれど、あたくしは貴姉が赴《おもむ》いた方がよい結果に繋《つな》がると思うのですわ」

「……」

正直、まだこの少女がなにを考えているのかわからないが、その言葉からは悪意を感じなかった。

「……わかった。私が行こう」

「いいの？　無理しなくても私がやっとくわよ？」

「いや、彼女がそう言うからにはなにか理由があるのだろう。彼女の人となりを見極《みきわ》める意味でも、行ってみるよ」

「そう……？　無理しないでよ」

釈然《しゃくぜん》としない顔ではあったが、ネフテロスもそれ以上は食い下がりはしなかった。

代わりに、アルシエラを見遣る。

「でも、わからないわね。シャスティルに協力して、あなたになんの得があるの？　言っとくけど、無償《むしょう》の善意なんて言われて信じるほど、私たちはあなたを知らないんだからね」

「なるほど……。一理ありますわね」

少し考える素振《そぶ》りを見せてから、アルシエラはこう言った。

「そうですわね。今回、あの男が被《こうむ》っているトラブルは、あたくしの巻き添《ぞ》えである部分もあるのですわ。だから、少しだけ助力してあげたいだけなのですわ」

「あの男……？　私はシャスティルの話をしているのだけれど……」

「同じことなのですわ」

そう答えたきり、アルシエラはもう興味をなくしたようにソファへ戻《もど》り、ティーカップを傾けるのだった。

──なにが待っているのかは知らないが、行ってみるさ。

シャスティルはわかっていなかった。自分が独りで戦うということの困難さと、長らく無縁《むえん》だったということを。

四

「それで、こいつはいったいどういう風の吹《ふ》き回しだ？　あんたが俺を手伝おうだなんてよ──《妖婦《ようふ》》ゴメリ」

表に出た〈煉獄〉──いまではただの古びた屋敷。その二階の一室にて、バルバロスは魔《ま》人族《じんぞく》の老婆《ろうば》と向き合っていた。

名はゴメリ。元魔王候補のひとりにして、ザガンが左腕《ひだりうで》と呼ぶ腹心である。

「きひひっ、水くさいことを言うでない。まんざら知らぬ仲でもないのじゃ。おぬしが困っているなら手のひとつも貸そうではないか」

黄ばんだ歯を見せて笑う老婆に、バルバロスもひねた笑みを返す。

「はっ、んなこと言う魔術師《まじゅつし》を信用すんのはうちのポンコツくらいのもんだぜ？」

そう返すと、なぜかゴメリは仰《の》け反《ぞ》ってよろめいた。

それから、どういうわけか満足そうな笑みを返して親指を立てる。

「きひっ、挨拶《あいさつ》代わりにこれほどの愛《め》で力《りょく》……！　妾《わらわ》の目を以《もっ》てしてもおぬしがこれほどまでに成長するとは、読めなんだわ」

「なに言ってんのかわかんねえんだがっ？」

これが普段からザガンを困らせているおばあちゃんの素行というものか。ただでさえ〈煉獄〉の修理で余裕《よゆう》がないのだ。これ以上、厄介《やっかい》な種を抱えたくないのだが。

バルバロスが追い出したくて仕方がないという顔をすると、老婆はようやく真面目《まじめ》な顔を見せる。

「まあ、いまのおぬしとこの状況《じょうきょう》を間近で観察できるというのは、妾にとってかなり有益だということじゃよ」

そう言って、節くれ立った指を一本立てる。

「まず第一に、大浴場を作ったあの日に起こった事件じゃ。王からひと通りの話は聞いているが、妾の目でもできる限りのことを確かめておきたい」

確かに、ザガンの配下としては摑んでおきたい話ではあるだろう。

——つっても、俺が把握してることもザガンの野郎《やろう》と大差ねえけどな。

それから、ゴメリは二本目の指を立てる。

「第二に、おぬしの研究室を自分の足で歩けるのじゃ。魔術師としてはそれだけで金を払《はら》うくらいの価値はあろう？」

「……まあ、そうだな」

仮にもバルバロスは元魔王候補である。こと空間跳躍《ちょうやく》に関してなら〈魔王〉にすら引けを取らない。その魔術を盗む機会ともなれば、同じ元魔王候補同士でも魅力《みりょく》のある話ではあるはずだ。

それに、バルバロスもゴメリの魔術を間近で見られるなら、同じ利益を得られる。

ゴメリは三本目の指を立てる。

「最後に第三——これがもっとも重要じゃ」

スッと目を細めるゴメリに、バルバロスも気圧《けお》されてうめき声をもらしかけた。

〈魔王〉に次ぐ魔術師は厳《おごそ》かな声でこう告げた。

「ここで愛で力の高まるなにかが見られると、妾の勘《かん》が告げておるのじゃ！」

最後のひとつがよくわからなくて、バルバロスは眉をひそめた。

「……なあ、あんたよくその〝めでりょく〟とか言ってるけど、なんなんだそれ？」

「きひっ、おぬしが気にすることではない。おぬしはそのままでよいのじゃ。それが妾の利益に繋がる」

なんだろう。言葉の意味はわからないが、おもちゃにでもされているような感覚がする。

――あれだ。ポンコツと関《かか》わってるとき、なんか周囲から感じるあれだ。

敵意とは違うようだが、なんだかものすごく居心地《いごこち》が悪くなるあの視線である。

自らが〝愛でられる〟などという怪奇《かいき》現象とは、生涯無縁《しょうがいむえん》だと信じて疑わないこの魔術師には、とうてい理解し得ぬことだった。

「まあ、妾に十分なメリットがあることは理解できたであろう？」

「そう、なのか……？」

嫌《いや》な笑みを浮かべ、老婆は右手を差し出す。

いずれにしろ、独りでは手に余っていたのは事実である。バルバロスは、しぶしぶその手を握り返すのだった。

それから、ゴメリは言う。

「さて、それで妾はなにをすればいい？」

「じゃあ、とりあえず屋敷《やしき》の異変を片《かた》っ端《ぱし》から洗い出してくれ。こっちは〈煉獄〉の復旧で足下《あしもと》まで手が回らねえ」

「ふむ……？　この屋敷、おぬしの本拠地《ほんきょち》であろう？　そのわりにはなんというか……無防備すぎやせんかのう」

ゴメリの指摘はもっともである。

いま現在、この屋敷には侵入者《しんにゅうしゃ》からの防衛能力がほとんど存在しなかった。

「仕方ねえだろ。本来ここには侵入者ってのが存在しねえはずなんだからよ」

元々この屋敷は〈煉獄〉という亜空間を漂《ただよ》っていたのだ。侵入者自体が存在し得ぬもので、なにかの間違《まちが》いで侵入できたとしても外に放り出すだけで始末できる。防衛自体が必要のない行為《こうい》だった。

表に出るなどという事態は、想定にないのだ。

——まあ、だからあの化けもんに浸蝕されたのかもしれねえが……。

言い訳のように、バルバロスは口を開く。

「一応、屋敷内は迷宮化《めいきゅう》してある。……あんたには秒で破られちまったが。あとは手頃《てごろ》な死霊《しりょう》がいたもんでな。リッチーとして放ってある。そいつに侵入者は外に放り出すように命じてあるぜ」

リッチーというのは〝死霊の王〟とも呼ばれるゴーストの上位種である。高い知能を持ち、他の死霊を使役することが可能だ。魔術師の死霊をベースに使えば、魔術さえも行使しうるという。当然、細かい指示にも従うことができる。

死霊魔術《ネクロマンシー》というのは分野違いなのだが、師がそちらにも精通していたのでバルバロスも一応扱《あつか》うことはできた。

こちら側に出てきたばかりだというのに、早くも近所の子供が迷い込んできたり浮浪児《ふろうじ》が住み着こうとしたりしたので、その対処用に使役したのだった。

ゴメリが意外そうな顔をする。

「外に放り出すだけかえ？ 《煉獄》ともあろう者がずいぶんお優《やさ》しいことじゃな」

「ああ？ ここでガキなんぞ殺したらポンコツが……じゃねえ、ザガンの野郎がうるせえだろ」

「なるほど！ よい愛で力……じゃなかった、合理的な理由じゃな！」

「ああ！」

会話がかみ合っているのかいないのか怪《あや》しかったが、バルバロスの本能が深く追求してはならないと警告していた。

それから、不意にゴメリが声を上げる。

「む？　早速《さっそく》侵入者じゃ……と、はて？　これはいったい……」

「あん？　なんかヤバそうなやつか？」

「いやこれ、おぬしどう思う……？」

結界に意識を向けて、バルバロスも硬直《こうちょく》することとなった。

「……おい。こいつはいったい、なにが起こってやがんだ？」

屋敷の主であるバルバロスですら予期しえぬ異変が起こり始めていた。

五

「ふむ。特になにも見当たらんが、一般人というのはこういうものを楽しむものなのか？」

最初に幽霊屋敷《ゆうれいやしき》へと足を踏《ふ》み入れたのはザガンたちだった。

薄汚《うすよご》れた室内には人骨やなにかの実験道具、錆《さ》びた拷問《ごうもん》器具なんてものまでもが転がっている。

ザガンの疑問に、フォルは胸の前でキュッと手を握り、力強く頷く。

「うん。ゴーストと追いかけっこしたりするんだって」

「まあ、ゴーストが住むには適した環境《かんきょう》ではある、か」

肉体を持たないゴーストは一般人では触《ふ》れることもできないし、かと思えば一方的に取り憑《つ》いたり、ものを操《あやつ》って攻撃《こうげき》したりもする。

そう説明するとなかなか手強《てごわ》いように思えるが、実際のところ吸血鬼以上に弱点だらけなのである。

まず陽《ひ》の光の下に出られず、魔力を込めた道具を使えば殺すこともできるし、教会が言うような聖なる力――霊力《れいりょく》とも呼ばれているが――に触れればそれだけで消し飛んでしまうような存在なのだ。

というわけで、この屋敷のように不浄《ふじょう》で陽の光とも無縁な空間というのは、ゴーストからすると非常に快適である。

――だから、潔癖症《けっぺきしょう》の魔術師とかは毛嫌《けぎら》いするんだよな。

ゴーストが住んでいると、不潔みたいな印象がある。そのあたりに無頓着《むとんちゃく》なザガンですら、見つけたら反射的に潰《つぶ》そうとしてしまう。危険はなくとも、なんかこう住み着かれたら嫌みたいな感覚なのだ。

そう考えると、なんだか不安になってきてザガンはネフィに顔を向ける。

「ネフィは大丈夫なのか？　その、こういう場所は……」

「はい。なんだかザガンさまと出会ったばかりのころのお城を思い出します」

「ふっぐう……っ、そ、そうか！　ならいいんだ」

思えばネフィと出会う前は、ザガンの城もこんな有様だった。いや、広かった分もっと酷《ひど》かったとも言える。

もちろんゴーストなんかも住み着いていたのだが、まあ使役もされていない野良《のら》ゴーストである。ハイエルフの霊力にあてられて、ネフィが気付く前に成仏《じょうぶつ》していたようだが。

――あれ、そうなるとゴーストにお目にかかること自体が難しいような？

この屋敷にもまあゴーストらしき気配は感じられるが、ザガンたちが入るなり蜘蛛《くも》の子を散らすように逃《に》げていったようである。ネフィやフォルも含めて魔力は抑《おさ》えているつもりだが、これではフォルが言っていたような〝遊び〟は難しいのではないだろうか。

と、そこで床に落ちていたなにかを蹴飛《けと》ばしてしまった。

ふと足下に転がっている本を拾いあげると、魔道書だった。
——これ、前にうちの書架《しょか》から盗まれたやつじゃないか……？
魔道書というものは無数の写本が存在するものだが、表紙の汚《よご》れ具合《ぐあい》や文字の掠《かす》れ方《かた》に
どうにも見覚えがある。
——ということは、ここはバルバロスの屋敷か……？
ザガンの城から魔道書を盗める者など、世界広しといえども五人といない。そして実際
に盗むような阿呆《あほう》はひとりしかいない。よく見れば、表紙には本人のものとおぼしき血痕《けっこん》
がこびり付いている。
人から盗《と》ったものなんだから大切に扱えと言いたいところだが、これはザガンが仕掛《しか》け
たトラップによるものだろう。特にあの男は常習犯なだけに、狙《ねら》われそうな魔道書にはひ
ときわ強力なものを仕掛けてある。
盗むだけで半殺しになっているのに、毎度よくやるものだ。
ここがバルバロスの屋敷だというなら、少なくとも遊びに来るところではない。
ようやく、ザガンは自分たちがなにか思《おも》い違《ちが》いをしているのではないか、という可能性
に至った。至ったのだが……。
「む……？」

――ネフィやフォルが楽しそうだから、まあいいか！

気付いた上で、ザガンは遊びに来た体《てい》を貫《つらぬ》くことに決めた。

六

「うぅ……。なんで私がひとりでこんなところにぃ……」

シャスティルはすっかり腰が引けたまま呻いた。

時刻はすでに夕暮れを過ぎ、夜の帳《とばり》が降りようとしている。

幽霊屋敷の調査はまあ、聖騎士の職務である。あの吸血鬼の少女が言うのだから、恐《おそ》らく他の聖騎士ではよくない理由があるのだろうとも思う。

――でも、怖《こわ》いものは怖いんだ！

問題の屋敷は相当古いもののようだ。木造で玄関脇《げんかんわき》にはテラスがあり、小さなテーブルとふたり分の椅子《いす》が置かれている。壁面《へきめん》には陽の光を多く取り込めるように、大きな窓が並んでいた。

それだけ聞くと洒落《しゃれ》た洋館のように思えるが、実際には木材の大半が黒ずんでコケが生え、窓は割れていて吹き込む風で破れたカーテンが揺《ゆ》れている。ふたり分の椅子には人骨らしき白いものが散乱し、テラスの床板《ゆかいた》は剥《は》げてめくれ上がっている。

なるほど、怖いもの見たさの子供たちはさぞ興味を惹《ひ》かれるのだろうが、シャスティルは早くも帰りたい気持ちでいっぱいになっていた。

――アルシエラ殿《どの》も、いつの間にかいなくなっているし……。

いまのシャスティルの服装は、簡素なシャツとスカートという、一般人《いっぱんじん》のそれだ。教会の礼服ですらない。聖剣《せいけん》こそ持ってきているものの、洗礼鎧は着ていない。

シャスティルは通常業務の時間を過ぎている上に私服を着ているせいで、すっかりポンコツと化していた。

この服装は、実はアルシエラに勧《すす》められたものだった。

調査とはいえ、屋敷の住民に罪状があるわけではない。教会の服装では威圧《いあつ》してしまうだとか配慮だとか、いま思い返してみればかなり適当なことを言っていたのに丸《まる》め込まれてしまったのだ。

さらにそのときはなんだかいっしょに来てくれそうな口ぶりだったというのに、気がつけば独りぼっちである。それを恨《うら》むのは筋違《すじちが》いだろうとも、来ないなら来ないと先に言ってもらいたかった。

改めて屋敷を見上げる。

屋敷自体は七十年ほど前に建てられたものらしい。教会の記録によると、最後の所有者はランド・ウェルズという男性で、十数年前に死去している。死因は老衰《ろうすい》。身寄りがなかったようで屋敷は誰の手にも渡《わた》らず放置されてきた。

以降、今日に至るまでトラブルもなく、十数年間この場所に在ったとのことだ。

そんな概要《がいよう》を思い返して、シャスティルは首を傾げた。

――あれ？　十年以上無人だったわりには綺麗《きれい》な気がするな……。

確かに手入れもされていない廃屋《はいおく》なのだが、ほこりっぽさや風化の度合いが予想したほど進行していないように思う。

無人の十年というものは、新築の家を廃屋に変えてしまうには十分な時間だと聞いたことがある。家屋も生き物と同じで、人が出入りして管理してやらなければ加速度的に傷《いた》んで壊《こわ》れてしまうのだ。

もしかすると、ネフテロスが指摘《してき》したように流れの魔術師か誰かが住み着いているのかもしれない。

……そうならそうで、もっと綺麗にしておいてもらいたいところだが。

ここまで来てしまったのだ。それも含《ふく》めて調べずに帰るわけにはいかないが、かといって独りで乗り込むには大きな勇気が必要である。

「バルバロスゥ……うぅ、やっぱりいないのか？」

我知らず自分の影《かげ》に語りかけてしまうが、やはりそこから返事はない。

普段、憎《にく》まれ口《ぐち》を叩《たた》きながらも、話しかけたら必ず返事はしてくれたのだ。それがないだけでこうも心細くなるとは思ってもみなかった。

――いや、バルバロスだって困っている最中かもしれないだろう？

彼の性格上、誰かに助けを求めたりは意地でもしない。なのに、シャスティルが困っていたら助けに来そうな気がする。

別になにかしら特別な関係だったりするわけではないが、こんなところで足手まといになるつもりはないのだ。

「ひぐ……っ、しっかりしろシャスティル。住民の安全が懸《か》かっているんだ。ここで働かなくてなんの聖騎士だ！」

頭の横に束ねた緋色《ひいろ》の房《ふさ》までぷるぷると震《ふる》わせながら自分を奮い立たせると、シャスティルは屋敷の扉《とびら》を叩いた。

（……すいませーん、誰かいませんかー……）

精一杯《せいいっぱい》絞《しぼ》り出した声は、消え入るように小さなものだったが。

――アルシエラ殿の口ぶりだと、ここに誰かいそうだったけど……。

なんだかその人物に迷惑《めいわく》をかけた詫《わ》びに、シャスティルを向かわせたかったように聞こえた。まあ、いまとなってはあれも、自分を言いくるめたかっただけなのかもしれないとは思うが、ここにいるのがちゃんとした人間だと思いたかった。

待てども返事はなく、そこからさらに数分の気後《きおく》れを経て、シャスティルも幽霊屋敷へと足を踏み入れるのだった。

七

「――はーっ？　なんでザガンの野郎だけじゃなく、ポンコツまで来てやがんのっ？」

二階書斎《しょさい》にてバルバロスは悲鳴を上げていた。

ゴメリが最初の侵入者を発見してから一刻と経《た》たずに、三組目が屋敷に入り込んでいた。

遊園施設《テーマパーク》かなにかと勘違《かんちが》いしているのではないだろうか。

ザガンはいずれここがバルバロスの屋敷だと気付くだろうし、あるいはもう気付いているのかもしれない。まあこれ見よがしに破壊《はかい》したりはしないだろうが、かといってあの悪友が気を利《き》かせて出ていくほどお人好《ひとよ》しなわけがない。

特に最悪なのは、嫁《よめ》と養女がいっしょにいることである。

――ザガンの野郎、あのエルフ女とロリガキがいると途端《とたん》に馬鹿《ばか》になりやがる。魔術師としての警戒心《けいかいしん》とか駆《か》け引きのようなものが蒸発するのだ。その場の気分で思いも寄らぬ行動を取るし、大抵《たいてい》の場合は近くにいる者が不幸を被る。自分が一番その不幸を被ってきたのだ。これは断言できる。

要するにバルバロスに対して普段《ふだん》より容赦《ようしゃ》がなくなるということだ。この屋敷が無事でいられるわけがない。

「大変じゃ《煉獄《れんごく》》！　王がゴーストを掃除《そうじ》し始めたのじゃ！」

「だからあいつ嫌《きら》いなんだよ！」

よくもまあ、バルバロスが嫌がることを的確なタイミングで実行に移せるものだ。あの男、こっちの様子を監視《かんし》しているのではないだろうか。

それに加え、シャスティルである。

聖剣は持っているようだが、どういうわけか洗礼鎧を着ていなくて私服姿である。長らく多忙《たぼう》で袖《そで》を通していなかった私服姿はなかなかに眩《まぶ》しく……もとい、無防備極《きわ》まりない姿で、あれでは不意を突《つ》かれればゴーストにも後《おく》れを取る危険がある。

しかも〝影〟を通して聞き耳を立ててみると――

『怖くない怖くない怖くない……うぅ、バルバロス……じゃなくて！　大丈夫《だいじょうぶ》だ怖くなんてない、怖くなんて……』

などとぶつぶつつぶやいているのだ。

なんだか独りにしてしまった罪悪感や、こんなときに自分の名前を呼んでくれることへの自分でもわからない感情がこみ上げてきて、バルバロスは部屋の主柱にガンガンと頭を叩き付けた。

「どうした《煉獄》！　凄《すさ》まじい愛で力が吹き荒《あ》れておるぞ！」

「気にしねえでくれ。俺《おれ》は正気だ！」

ボタボタと頭から流血しながら、バルバロスはなんでもなさそうに頭を振る。

「素晴《すば》らしい！　いまのおぬしの愛で力は我《わ》が王に比肩《ひけん》するぞ！　あ、これ〈封書《ふうしょ》〉に記録してもよいかのう？」

「なんだか知らねえがやめろぉ！」

悶《もだ》える度《たび》にこのおばあちゃん、こんなふうにはしゃぎ狂《くる》うのである。バルバロスにも普段のザガンの苦労というものがわかってきた。

とはいえ現実逃避《とうひ》をしていてもなにも解決しない。

「どいつもこいつも……クソ、とにかく一番の問題はこいつだ」

バルバロスは水晶《すいしょう》に浮《う》かぶ映像を見つめる。

そこにはザガンでもシャスティルでもない第三の侵入者――ゴメリが最初に見つけたという意味では第一の――が映っていた。

ゴメリも興味深そうに水晶玉《すいしょうだま》を覗き込む。

「ふうむ……。これはドッペルゲンガーとやらの一種かのう」

水晶玉に映る侵入者は、どういうわけかバルバロス本人に酷似《こくじ》していた。

それでいて、まったく同じというわけではない。ある点に於《お》いて、決定的にいまのバルバロスと異なっているのだ。

「妾も百五十年くらい魔術師やっておるが、実際に見るのは初めてじゃ」

「……どう対処すりゃいいと思う？」

普段なら考えもしないことではあるが、バルバロスはゴメリに助言を求めた。

バルバロスはこれでまだ二十一歳《さい》である。己《おのれ》の専門分野では〈魔王《まおう》〉にも引けを取らないと自負しているが、専門外のことに関してゴメリには遠く及ばない。ふざけた言動を取っていても、このおばあちゃんは超がつく一流の魔術師なのだから。

ゴメリは難しい顔で頷《うなず》く。

「古い文献《ぶんけん》で、似たような事例を見た覚えがある」

「そいつはどう解決したんだ？」

期待を込めて問いかけると、ゴメリは沈痛《ちんつう》な表情で首を横に振った。

「……解決はしておらぬ。ただ、結末が記されていただけじゃ」

「……ッ」

想像を遙《はる》かに超《こ》えた重たい答えに、バルバロスも言葉を失った。

過去の魔術師が揃《そろ》いもそろって無能だったわけではないだろう。中にはバルバロス以上の魔術師だっていたかもしれない。にも拘《かか》わらず、生き残れた者はいないということだ。

「ある事例では顔を合わせた瞬間《しゅんかん》に殺し合いになり、相討《あいう》ちになって死んだという。また別の事例では、ドッペルゲンガーを殺したら自分にも同じ傷が刻まれ死に至ったという」

「……殺すのはマズいってこったな？　なら、外に放《ほう》り出すのはどうだ？」

「それも本人の知らぬうちに事件を起こし、本人に災難が降りかかっておる。結局はそれを止めようとしてドッペルゲンガーと出くわし、死に至るのじゃ」

ならば捕獲《ほかく》、あるいは封印《ふういん》するのはどうかと提案しようとして、それが無意味なことだと気付いた。

ドッペルゲンガーが死ねば自分も死ぬのだ。封印したまま生かし続けるのは果てしなく困難である。それに向こうも自分自身と同じ力を持っている以上、いつかは封印も破られる。せいぜい、多少の時間を稼《かせ》げるくらいだろう。

「クソッ！　これも屋敷の異常が原因か？」

「ふむ……。時空の歪《ゆが》みがドッペルゲンガーを生み出した可能性は否定できぬな。かといって対処の方法があるわけでもないが」

ゴメリをしてこうなのだ。完全にお手上げ状態だった。

バルバロスには手の出しようのない相手だというのに、いまこの屋敷をザガンとシャスティルが徘徊《はいかい》している。そのどちらと遭遇《そうぐう》してもろくなことにならないだろう。

ならばゴメリを差し向けるという手はどうか。

いや、これも先ほどからの言動を考えると絶対に嫌だ。ザガンたちと遭遇したとき以上にひどいことが起きるだろう。

——本当に、どうすりゃいいんだ……。

数分ほど懊悩《おうのう》して、バルバロスの瞳《ひとみ》からふっと理性の色が消えた。

「あー、もういいや。この屋敷、爆破しよう」

　リッチーを自爆《じばく》させてこの屋敷もろとも吹き飛ばしてしまおう。あれにはゴーストを使《し》役《えき》できるだけの力を与《あた》えてあるのだ。死霊の王が自爆すれば、魔術的《まじゅつてき》にも霊的《れいてき》にも一切合《いっさいがっ》切《さい》を吹き飛ばすことができる。その上で〈煉獄〉は新たに作り直そう。

　ザガンたちはその程度の爆発《ばくはつ》は自分で凌《しの》ぐだろうし、シャスティルは〝影〟で逃がせばいい。屋敷が原因なら、それでドッペルゲンガーも消えるかもしれない。

　最悪、それでバルバロス自身が命を落とす可能性もあるが、もうこの際どうでもいい。

「ゴメリ。リッチーを――」

「――あ、今度はリッチーがやられたのじゃ」

　バルバロスはがっくりと膝《ひざ》を突いた。

「なんで人ん家《ち》に上がり込んでそんなひどいことばっかするのっ？」

　まったく以て普段の自分に返ってくる言葉ではあったが。

　とうとう泣き出したバルバロスに、なぜかゴメリは親指を立てた。

「それもナイス愛で力じゃ」

「うるせえ！」

八

「――はあっ、はあっ、なにが起こったってんだ？　なんでうちにこんなゴーストが溢《あふ》れかえってやがんだよ！」

物陰《ものかげ》に隠《かく》れ、震えながら悪態をついたのはまだ十歳になったばかりの少年だった。少年には魔術《まじゅつ》の心得がある。師も才能があると褒《ほ》めてくれたほどだ。

――でも、あれは無理だ。

ゴーストくらいなら自分でも対処できるが、いくらなんでも数が多すぎる。ざっと遭遇しただけでも十数体はいた。屋敷全体となると百体を超えるかもしれない。いったいどんな悪徳を積めばこんなに悪霊《あくりょう》を呼び寄せられるのか。

ただ、それでも根気よく対処すればなんとかなる範疇《はんちゅう》ではあった。

問題は、そんなゴーストたちの中に、一体だけ格が違うものが紛《まぎ》れ込んでいたことだ。

背後に気配を感じて、少年は口を押《お》さえて息を止める。

直後、ゆらりと後ろの通路に不気味な影が現れた。

魔術師のごとくローブを身にまとっているが、その隙間《すきま》から覗く腕《うで》は真っ白な骨。おぞましいのは顔面で、皮膚《ひふ》はないのに肉は残っており、ぽっかりと開いた眼孔《がんこう》が奈落《ならく》のような色を浮かべている。まるで顔を剥がれたかのようだ。下半身に近づくに連れて白骨化が進んでいるようで、膝から下には骨格すら残っていなかった。

リッチー――魔術師が死霊化したと言われる高位の不死者である。

魔術師としてまだ駆け出しの自分が敵《かな》う相手ではない。

――師匠《ししょう》……。

胸の奥《おく》にこみ上げた助けを請《こ》う気持ちを、少年は必死に押し殺す。

師は助けには来ない。

もしかしたら守ってくれるかもしれないが、それは救いではない。自分にはもう、頼《たよ》れる師などいないのだ。

独りぼっち。

カタカタと震えていると、不意におどろおどろしい声が響《ひび》いた。

『ううう……誰《だれ》もいないのか……？　うぅぅうぅうっ……帰りたいよぅ……』

ビクリと震えて、少年は物音を立ててしまった。

背後を通り過ぎようとしていたリッチーが、ぐるりとこちらを振《ふ》り向いた。真っ暗な眼孔が、自分を見据《みす》えたのがわかってしまった。

「ひっ……嫌だ、誰か助けて……」

情けない悲鳴がこぼれたそのときだった。

「――輝《かがや》け〈アズラエル〉！」

恐ろしいリッチーが、光によって両断された。

いや、リッチーだけではない。屋敷《やしき》に渦巻《うずま》く陰鬱《いんうつ》な空気そのものが断《た》ち切られたかのようだった。

割れた窓から涼《すず》やかな風が吹き込《こ》み、淡《あわ》い月明かりが差し込む。

光の中に佇《たたず》んでいたのは、剣《つるぎ》を携《たずさ》えたひとりの少女だった。少女といっても少年よりだいぶ年上で、良家の子女といった服装をしている。なのに、その手には不似合いな大剣を握《にぎ》っていた。

聖騎士……には見えないが、魔術師にも見えない。

――綺麗《きれい》な、女の人……？

思わず胸が鳴ってしまった。

恐るべきリッチーを一刀の下に斬《き》り伏《ふ》せ、月光の中に凛《りん》と立つその姿は戦乙女《いくさおとめ》のようでさえある。

ただ、凛々《りり》しく見えたのはほんの一瞬《いっしゅん》のことで、その目にはいっぱいの涙《なみだ》が浮かんでいるのが見えてしまった。手もカタカタと震えている。

――ダセえ姉ちゃんだ……。

一瞬で評価が下落するが、それでも少女は少年の方へ駆け寄ってきた。

「子供……？　君、大丈夫か」

そう言われて、自分がだらしなく尻餅《しりもち》をついていることに気付く。

「こ、こんなのなんでもねえよ！」

助けてもらった分際でなにを偉《えら》そうな態度を取っているのか、自分でも少し呆《あき》れたが少女は気を悪くした様子もなく微笑《ほほえ》む。

「うん。その元気があれば大丈夫だな」

そう言って、手を差し出してくる。

「どうやらここは危険のようだ。いっしょに外に出よう？」

「う、うん……」

これが包容力というものなのだろうか。自分の周りにはいなかった部類の人間だった。

怖《お》ず怖ずと差し出された手を握り返す。あんな大きな剣を振り回していたとは思えぬほど柔《やわ》らかくて、温かかった。

それでいて、小さく震えてもいた。

——なんだよ。こいつも怖いんじゃねえか。

怖いのに、あの恐ろしいリッチーに立ち向かい、自分を助けてくれたのだ。少年は尻餅をついて悲鳴を上げることしかできなかったというのに。

——ダセえのは、どっちだよ……。

少年が立ち上がると、少女は安心させるように微笑む。

「私はシャスティルだ」

「……ウェルズ」

そう答えると、少女——シャスティルは意外そうな声をもらす。

「ウェルズ？　もしかして、ランド・ウェルズの関係者か？」

「え？　ああ、うん。まあ……」

関係者もなにも、それは師から与えられた名前のひとつだった。もしかすると過去に存在した人物の名前なのかもしれないが、由来は聞いていない。

——魔術師《まじゅつし》たるもの、軽々しく本当の名前を口にするものではない——

そう言って、少年に与えてくれた名前。尊敬する……いや、尊敬していた師だ。

少年——ランド・ウェルズは頷き返す。

「ウェルズ。ひとまず脱出《だっしゅつ》しよう」

そう言って、シャスティルはあらぬ方向に歩き始める。

「そっちじゃねえよ。出口はこっちだ」

「え？　でも……」

こんなことになってしまったが、ここはウェルズの屋敷なのだ。

ウェルズが手を引いて廊下《ろうか》を進むと、すぐに玄関《げんかん》ホールへ続く扉が見えてくる。

そうして、その扉を開いて、ウェルズは硬直する羽目になった。

そこに玄関ホールはなく、不気味な魔術道具や拷問器具が散乱した、薄汚《うすぎたな》い部屋があるだけだった。

「え……？」

「そんな！　ここがホールの扉なのに」

「本当にここだったのか？」

「嘘《うそ》じゃねえよ！」

思わず怒鳴《どな》り返すと、シャスティルはそれを優しく聞き流して頭を撫《な》でてきた。

「君がそう言うのなら、そうなのだろう。だが、魔術の中には空間を歪めるようなものもあると聞く。その手合いではないか？」

「空間を歪めるって、メチャクチャ高位の魔術なんだぞ？　それこそ、次の〈魔王〉の候補者に選ばれるくらいの」

ウェルズは師に連れられて、この街の〈魔王〉マルコシアスに拝謁《はいえつ》したことがある。恐ろしい威圧感を持っていて、顔を直視することもできなかった。

そんな〈魔王〉に並びうるような魔術師が、なぜ自分の屋敷にいるというのか。

シャスティルは真剣《しんけん》な表情で頷いた。

「なるほど、魔王候補クラスか。洗礼鎧《せんれいがい》なしでは少し厳しいな」

「お前、疑わねえのか……？」

異変があるとしても、魔王候補などと失笑《しっしょう》されて当然だろう。なのに、シャスティルは疑うことを知らないようにこう言った。

「私も空間を操る魔術師を知っている。君の言うことは間違っていないと思う」

こんな子供の言うことを真《ま》っ直《す》ぐ受け止めてくれて、顔が赤くなるのがわかった。

――変な女……。

シャスティルは困ったように地面を探《さぐ》る。

「魔術はでたらめに見えて、ちゃんと法則のある力だと聞く。となると、ここの異変にもなにか法則性があるのではないかと思うが」

「無理だよ。その法則性を悟《さと》られないようにするのが一流の魔術師なんだ。空間をねじ曲げるような魔術師が、そんな簡単な法則を残すなんてあり得ない」

その言葉に、シャスティルは不思議そうな顔をした。

「君は、もしかして魔術師なのか？」

「……さあな」

顔を背《そむ》けると、シャスティルは仕方なさそうに微笑む。そして励《はげ》ますように言う。

「もう少し調べてみよう。なにか手がかりが見つかるかもしれない」

そうしていくつかの扉を開けてみるが、どこも同じような部屋に繋《つな》がっているだけだった。外へはもちろんのこと、二階への階段も見当たらない。いっそのこと窓から出られないかと探ってみたが、やはり開く様子はなかった。

同じようなところをグルグル回っているような気がしてくる。そんな中、シャスティルが扉のひとつに駆け寄るが、やはり落胆《らくたん》に肩《かた》を落とすだけだった。

「……私が入ってきたのはこの扉だと思うが、ここも行き止まりか」

シャスティルは外から入ってきたのだという。にも拘わらず、その扉も別の場所に繋がってしまっていた。

と、そのとき後ろでどこかの扉が閉まる音が聞こえた。

「……！　聞こえたか？」

「あ、ああ」

シャスティルは剣を構えて廊下に出る。ゴーストは扉など開けない。ウェルズたち以外に、誰かいるのだろうか？

そうしてウェルズも廊下を覗《のぞ》き込もうとしたときだった。

「――ッ、隠れろ！」

突然《とつぜん》、シャスティルがウェルズを部屋に押し戻《もど》すように抱《だ》きしめてきた。ウェルズはその胸に顔を埋《うず》めてしまうことになる。

柔らかかった。

とくとくと、早鐘《はやがね》を打つ鼓動《こどう》の音が聞こえてくる。

細身のようで、存外にしっかりした膨《ふく》らみに顔を覆《おお》われウェルズはうろたえた。

「なっ、なっ……ッ？」

（しぃ……！）

一歩遅《おく》れて、その背後を大量のゴーストが群れを成して駆け抜《ぬ》けていく。

――な、なんだよ、これっ？

ゴーストが集団行動を取るなど、聞いたことがない。あるとすれば何者かに使役された場合だが、リッチーはシャスティルが斬ったはずだ。

――まさか、リッチー以上の〝なにか〟がいるってのか？

確かにこの屋敷の異常は魔術でもなければ説明がつかないが、本当に空間操作などという人間離《ばな》れした力を持つ魔術師がいるというのか？

思わず震えていると、ゴーストの群れはすぐに通り過ぎていた。

ホッと、シャスティルが腕から力を抜く。

「……行ったようだな」

「な、なんだったんだ、いまの？」

「わからない。なにかから逃げているように感じられたが……」

「逃げる、だって？」

ゾッとした。

魔術師、あるいはリッチーに使役されたゴーストに自我《じが》はない。

そもそもゴーストという存在は悪霊という名の通り、現世に未練や怨念《おんねん》を持ってしがみ付いているのだ。祓《はら》うことは可能だが、生きた人間がいれば取り殺そうとするのがゴーストというものなのだ。

それが脇目《わきめ》も振らず逃げ出すなど、いったいどんな怪物《かいぶつ》がいるというのか。

シャスティルもそれがわかっているのだろう。厳しい表情で立ち上がると、廊下の奥を鋭《するど》く見据える。

見れば、廊下に並ぶ扉のひとつが、独りでに開いたり閉まったりを繰《く》り返していた。

ドアノブが壊れているわけでもなければ、風に揺られたわけでもない。明らかに、何者かの手がなければ起こりえない現象だった。

ウェルズは息を呑《の》んでシャスティルを見上げる。

「……行ってみよう。君は、私の後ろから離《はな》れるなよ」

「う、うん」

シャスティルは片手で大剣を、もう片方の手でウェルズの手を握ると、ゆっくり廊下を進んだ。

そうして扉の前にたどり着くと、シャスティルは困惑《こんわく》の声を上げた。

「なっ——これは、どうなっている?」

ウェルズも部屋を覗き込むと、そこには見たこともないような清潔な部屋があった。

さっきここを覗いたときには、拷問器具《ごうもん》と白骨死体が散乱していたというのに……。

こんなものは空間操作の魔術《まじゅつ》ですら説明が付かない。

屋敷の異変は、すでにウェルズの理解を遙かに超えていた。

九

「――ふむ。たまには自分で掃除をしてみるのも悪くないものだな」

額の汗《あせ》を拭《ぬぐ》い、〈魔王〉ザガンはどこか晴れ晴れとした笑顔《えがお》でそう言った。手にはぞうきんとハタキ。普通《ふつう》の人間らしく魔術を使わずに掃除をしてみたところだった。

ネフィもおかしそうに微笑んで頷く。

「はい。部屋が綺麗になるのは気持ちいいですよね」

それから、小首を傾《かし》げてつぶやく。

「でも、よかったのでしょうか？　ここは幽霊屋敷《ゆうれいやしき》という話でしたが……」

「ゴースト、ちっとも出てこない」

ぷくっと頬《ほお》を膨らませるフォルに、ザガンはポンと頭を撫でてやる。そのまましばらく撫で続けると、フォルも堪えきれずふにゃりと顔を緩めた。

——まあ〈魔王〉とハイエルフと竜《りゅう》が来たら、ゴーストも脱兎《だっと》の勢いで逃げるだろう。

もはや幽霊屋敷探険という、当初の目的は達成不可能なのだ。

それゆえいっそのこと、ゴミ掃除をする流れになったのだった。

——おかげで盗《ぬす》まれた魔道書が出るわ出るわ。

いくつか部屋を綺麗にするうちに、百冊近い数の魔道書を回収している。ときどき蔵書が減っているとは思ったが、まさかこんなに持って行かれているとは。

ザガンは一度読んだ本には執着《しゅうちゃく》しない質《たち》だが、配下の魔術師たちにはまだまだ有用なのだ。これからはもっと管理を強化した方がいいかもしれない。

とうとつに掃除を始めたのは、そのお仕置きの意味もあった。

ザガンは朗《ほが》らかに笑う。

「ネフィ、気にしなくて大丈夫だ。ゴーストも出てこないし、わざわざ掃除までしてやったのだ。感謝こそされ批難される謂《い》われはない」

「そう、ならよいのですが」

善良な少女は釈然《しゃくぜん》としない顔をしていたが、否定はできなかった。

「でもここ、迷路《めいろ》としては楽しい。この扉、開けるたびに違うところに繋がる」

そう言って、フォルは楽しそうにガチャガチャと扉を開け閉めする。

恐らくバルバロスが張った迷宮化《めいきゅう》の結界だろう。ここではぐれればもう一度会うことは極めて難しい。

やはり空間操作に関してならあの男は見事な腕前《うでまえ》である。この精緻《せいち》な回路の構築は惚《ほ》れ惚《ぼ》れする。ザガンとて〝魔術喰《まじゅつく》らい〟や〈天鱗《てんりん》〉を以《もっ》てすれば力尽《ちからず》くで破壊することはできるが、正攻法《せいこうほう》でこれを破るには骨が折れるだろう。

ネフィは不思議そうに首を傾げる。

「ですが、幽霊屋敷を迷宮化することに、どのような意味があるのでしょうか？」

遊園施設に遊びに来た体《てい》であるネフィからすると、当然の疑問だった。

「ゴーストから逃《に》げるのに、迷子になって楽しい？」

「迷子というものは、どうやって楽しむものなんでしょうか……」

なにか嫌《いや》な思い出でもあるのか、ネフィは身震《みぶる》いした。

「ネフィは迷子になったことがあるのか？」

「えっと……はい。小さいころ、里での待遇《たいぐう》に耐《た》えられなくて逃げ出したことがあったんですが、どうやっても森から出ることはできなくて里に戻されてしまったんです。それで戻ると里のみんなからは嫌そうな顔をされてしまって」

まるで小さな失敗を語るように苦笑《くしょう》しつつ、ネフィは続ける。

「いま思えば森の精たちが心配して戻してくれたんでしょうけど、どうやってもあの場所から逃げ出すことはできないんだと突き付けられたような気がして、それから逃げ出すのは諦《あきら》めてしまったんですよね」

自然や精霊《せいれい》と対話のできるネフィは、道を聞くこともできたようだ。

しかし小さな子供がひとりで森の中を生き延びるのは難しい。北の聖地と言えど凶悪《きょうあく》な野生生物はいるし、食料などの問題もある。それゆえ引き返す道を教えられたのだろう。

ザガンは懐《なつ》かしそうに同意する。

「なるほど、俺にも似たような経験がある。食い物を盗んで逃げる最中に街の地下水道に迷《まよ》い込んでしまったことがあってな。真っ暗で右も左もわからなくて何日も彷徨《さまよ》うことになった」

しかも疲《つか》れて眠《ねむ》ろうとすると、餌《えさ》かなにかと間違《まちが》えたのかネズミが這《は》い上って噛《か》みついてくるのだ。

食料の方は、さすがに汚水《おすい》を飲む気にはならなかったが、天井《てんじょう》から落ちてくる水滴《すいてき》と酒場の廃棄物《はいきぶつ》らしき肉を食いかじってなんとか外に出るまで保《も》たせた。ただ今度は食中《しょくあた》りで一週間ばかり生死の境を彷徨うことになったのだが。

ザガンは感じ入るようにつぶやく。

「やはり迷子を楽しむには、それなりの知恵《ちえ》と力が必要だということなのだろうな」

「はい。わたしももう少し考えが足りていれば、あのとき楽しかったのかもしれません」

「ザガンたち、世知辛《せちがら》い」

また娘《むすめ》から呆れるような視線を向けられた気がしたが、ザガンはしみじみ頷いた。

それから、ネフィはフォルの前にしゃがんで優《やさ》しく頭を撫でた。

「でも、迷子を楽しめるフォルはきっとわたしや、もしかしたらザガンさまよりすごい魔術師になれると思いますよ」

「えへへ……」

心地《ここち》よさそうに目を細める愛娘《まなむすめ》を眺《なが》め、ザガンはふと思いついた。

「そうだ。迷宮には宝が付きものだったな。ここの宝は、さしずめこの魔道書といったところか?」

ザガンが魔道書を見せると、フォルが目を輝かせる。

「それ、読んだことない本」

「ではこれはフォルにやろう」

「わーい」

両手を挙げてピョンと跳《は》ねる姿に、ザガンも思わず顔を緩《ゆる》める。

「でも、よろしいのでしょうか？　勝手に持ち帰ってしまって」

「うむ。恐《おそ》らく賞品のようなものなのだろう。トラップの手合いも仕掛《しか》けられていなかった。盗《と》られて困るものなら、なにかしら対策がしてあるものだろう？」

「そう、なのかもしれませんね」

　まあ、そもそも全部ザガンの城から盗まれたものなので〝取り返した〟というのが適切だろうが。回収した魔道書のうち、ネフィが興味を持ちそうなものを差し出す。

「ネフィはこれなどどうだ？　カオー・ライネンが晩年に執筆《しっぴつ》した、衣類の乾燥《かんそう》に関する魔道書だ」

「これは……！　ありがたくいただきます」

　穏《おだ》やかな幸福の光景だった。

　そのすぐ隣《となり》の部屋でシャスティルと少年が恐怖《きょうふ》に打ち震えていることなど知る由《よし》もなく、ザガンは言う。

「では、そろそろ引き上げるとするか。掃除をしていて遅《おそ》くなってしまったしな」

「はい。夕食の片付けもありますし」

「楽しかった」

　こうして、汚《よご》れた屋敷を綺麗《きれい》にして忘れ物を回収するという、どこまでも健全な〈魔王〉

の侵攻《しんこう》は幕を下ろしたのだった。

十

「——ちょっとあのガキぶち殺してくる」

そのころ、屋敷の二階ではバルバロスが怒《いか》りに身を震わせていた。

水晶玉に映るドッペルゲンガーはずっとシャスティルと手を繋いでおり、場合によっては抱きしめられて胸に顔を埋めたりしているのだ。

それでドッペルゲンガーの方もデレデレと顔を赤くしたり、まんざらでもなさそうな顔をしている。許せるわけがない。

——あの野郎《やろう》、俺のドッペルゲンガーだからって調子乗ってんじゃねえぞっ！

自分が死のうとも関係ない。命を賭《か》けてでも殺す必要があるのだ。

「落ち着くのじゃ《煉獄》。あれを殺したら十中八九おぬしも死ぬのじゃぞ？」

「関係ねえ。男には殺《や》らなきゃいけねえときがあるんだ」

ドッペルゲンガーは、十歳のころのバルバロスの姿をしている。シャスティルの方は暗くてそれに気付いていないようだが、それゆえ無防備に引っ付いたり励ますような言葉をかけているのだ。

〈煉獄〉が使えずとも、バルバロスは魔王候補に名を連ねた魔術師である。

いますぐ忌々《いまいま》しいドッペルゲンガーに〈黒針〉をたたき込もうとすると、さすがにゴメリが羽交《はが》い締《じ》めにして止めてきた。

「止《や》めよと言うに！　シャスティル嬢《じょう》の目の前で殺してみい。あやつ一生もののトラウマになるのじゃ！」

「ううぅっ、いや、真面目《まじめ》なときのポンコツなら耐えられる可能性はある」

「ない」

断言され、ついにバルバロスも思いとどまった。

「くそぅ……なんで俺がこんな目に……！」

「そんなに嫌なのかえ？」

「当たりめえだ……いや、当たり前じゃねえ、よな……？　クソ、なんで俺がこんな気持ちになるんだふざけんな」

よく考えれば、シャスティルが誰に優しくしようがくっつこうが関係ないはずである。

そのはずなのだが、とにかく許せない。

特に相手が自分であって自分ではない何者かという事実が、胸をかきむしりたくなるほど受け入れがたかった。

「うむうむ、わかるぞ《煉獄《れんごく》》や。それこそ愛《め》で力《りょく》の発露《はつろ》というものなのじゃ」

「お前本当に慰《なぐさ》める気あるのっ？」

がっくりと膝を突いて、ふと先ほどのゴメリの台詞《せりふ》に疑問を抱いた。

「そういやあんた、初めて会ったころはポンコツのこと嫌《きら》ってなかったか？」

それをいまはトラウマからも守ろうとしていた。

ゴメリはなにやら遠い目をする。

「ふ……。あのころは妾《わらわ》も未熟であった。いかに愛で力が高かろうとも研鑽《けんさん》を知らぬ原石に魅力《みりょく》などないと思っておったが、まさかこれほど至高の輝きを帯びようとは……。妾の目を以てしても見抜《みぬ》けなんだわ」

やっぱり言ってることがわからなくてバルバロスが聞き流そうとすると、ゴメリは思い直したように頭を振る。

「ようは甘《あま》えているだけの小物かと思えば実は努力家で、しかと成長を見せつけられて評価を改めたということじゃ」

「はあん、なるほどな。ポンコツはまあポンコツだが、努力だきゃあ人一倍してるからな。それで見直したってことか」

別にシャスティルがどう思われようが関係ないはずだが、なぜか自分が褒められたかのようにバルバロスは気をよくした。

「うむ。げに恐ろしきは外道《げどう》さえ正道に落とす愛で力じゃな。あれ無意識にやっとるとか天才かよ」

やはりなにを言っているかわからなかったが、一応人にわかりやすく言い直すことができるとわかったのは収穫《しゅうかく》かもしれない。

そこでゴメリが声を上げる。

「おっと、どうやら王たちは引き上げるようじゃ」

「やっとかよ……。あいつ、なんか壊《こわ》したりしてねえだろうな」

「壊すどころかメチャクチャ綺麗に掃除《そうじ》していったようじゃが？」

「はーっ？　なんで掃除なんかすんだよ！　どこになにを置いたかわからなくなるじゃねえか。母親かお前は？」

思わず絶叫《ぜっきょう》すると、ゴメリが興味深そうに目を細める。

「母親か。おぬしにもおったのか？」

「木の股《また》から生まれたわけじゃねえんだけど？」

ため息をもらして、バルバロスは頭を振る。

「二束三文で俺《おれ》を師匠に売り渡《わた》したアバズレを母親って呼ぶんなら、そうなんだろうな」

「やれやれ。まあ魔術師なんぞ誰も似たようなものか」

基本的に魔術師はまともな人生を送れなかった者たちだ。

ようやく引き上げてくれた悪友にいたっては親の顔も知らないし、ネフィもついこのあいだまでは知る由もなかったという。その生意気なロリガキには親竜がいたらしいが、母竜に関しては聞いたことがない。

「そういうあんたはどうなんだ？」

「妾か？　なんせ里が焼き討《う》ちに遭《あ》う前のことは覚えておらぬからのう。母親というなら師匠がそうなのやもしれぬな」

まあ、聞くまでもない話ではあった。

しかし面倒《めんどう》のひとつは散々余計な掃除をしつつも帰ってくれたわけだが、もうひとつの問題はなにも片付いていない。

バルバロスは顔を覆う。

「ドッペルゲンガーか……。なにか、こっちから打てる手はねえのか？」

「ふむ……。ドッペルゲンガーは魔術師にとっても屈指《くっし》の厄ネタじゃからのう。いまのところ静観するくらいしかないのじゃ」

「……はあ。ポンコツに危害を加えるつもりがなさそうなのが、唯一《ゆいいつ》の救いか」

「うむ！　妾、今日はここに来て本当によかったのじゃ。師匠のおかげでろくに女子も追いかけられなんだからのう。たくさん元気をもらったのじゃ」

「俺が苦しむのを見るのはそんなにおもしろいかっ？」

バルバロスの悲鳴など聞こえていないかのように、今度はゴメリが首を傾げる。

「そういえばおぬしの方こそ、前は年上が好みのようなこと言っておらなんだか？」

「あん？　そりゃ女つったら乳くせえガキよか熟《う》れた美女だろうが」

「それでよくシャスティル嬢に恋慕《れんぼ》できたのう」

「はあああっ？　れれれれ恋慕とかじゃねえし！」

とはいえ、なぜ自分はこんなにもシャスティルを気に懸《か》けているのだろうか。

——あいつは俺の好みじゃねえ。それは間違いないんだ。

バルバロスの好みは包容力があって、大きくて、優しい女なのだ。

十一

——女の人って、こんな包容力があって、大きくて、優しいものなんだ……。

リッチーや得たいの知れない〝なにか〟が徘徊《はいかい》する幽霊屋敷の中で、ウェルズはいつの間にか手を繋いでくれる少女に胸の鼓動を押さえられなくなっていた。

扉《とびら》の向こうはいつしか整然と整えられた客室に様変わりしていた。その意味は駆《か》け出しの自分には計りきれないが、とても人間業《にんげんわざ》ではない。かと言って魔術《まじゅつ》でそんなことをする意図もわからない。

こんなものを自分たちに見せつけてなにをしようというのか。

考えなければならないことはたくさんあるのに、頭の中はシャスティルのことでいっぱいになってしまっていた。

シャスティルは鋭く室内を観察し、それからゆっくりと中に足を踏《ふ》み入れる。

「お、おい。入ったら危ないぞ」

「いや、怪《あや》しい気配はない。それに君だって疲れているはずだろう？　一度ここで休憩《きゅうけい》を取った方がいい。なにかあれば私が戦うから」

優しく微笑みかけられ、自分の顔が赤くなるのを感じた。

「バ、バッカじゃねえの？　俺は女に守られるほど弱くねえし！」

「ふふふ。頼りにしているよ」

とはいえ、疲れたのは事実だった。

清潔そうなソファに身を埋めると、ドッと体が重たくなった気がした。

体力は魔術で補うことができるが、精神の疲弊《ひへい》というものはいかんともしがたい。師は才能があると言ってくれたが、経験の浅いウェルズはそろそろ限界だったのだ。

部屋をぼんやりと照らすロウソクの灯《あか》りが、眠気《ねむけ》を誘《さそ》う。

思わずウトウトとし始めると、師の言葉が思《おも》い浮《う》かんだ。

『お前には一族の誰よりも優《すぐ》れた才能がある。私の下で魔術を学びなさい』

そう言ってもらえたのは、六歳《さい》のころだった。

ウェルズはなにをやっても駄目《だめ》な子供だった。おまけに陰鬱な性格のくせに喧嘩《けんか》っ早《ぱや》く、近所の子供と取っ組み合いになっては親にぶたれていた。

そんな自分を初めて褒めてくれたのが、師だったのだ。

ひとつ魔術を修めるたびに、師は頭を撫でて褒《ほ》めてくれた。もっと褒めてもらいたくて、ウェルズは夢中で魔術を学んだ。初歩的な魔術は最初の一年のうちに踏破《とうは》し、次の一年には応用を交えて自分だけの魔術を作れるようになっていた。

十歳になったいま、ウェルズは空間跳躍《ちょうやく》の魔術に手を出し始めていた。

師の書庫に、これを学べる魔道書はなかった。それゆえ一からほぼ自分ひとりで理論を組み立て、完成させたのだ。

それが形になったとき、師に見せようとして――

ウェルズは、見てはならないものを見てしまった。

師の魔術の研究書。それは、他者の肉体へ己《おのれ》の魂魄《こんぱく》を移植するという魔術だった。

積み重ねた英知と技術を、そのまま次の肉体へ移すことができるというものだ。これが実現できたなら、事実上不死になったと言えるだろう。

ただ、師が作り上げたその魔術は、自分の血縁《けつえん》にしか魂魄を移すことができなかった。

――なら、血族から理想の器を作ればいい――

それが師の結論だった。

そして、その師から万雷《ばんらい》の期待を込めて育てられていたのは、ウェルズだった。

――俺は師匠に愛されていたんじゃなくて、器として作られてただけだった。

そう気付いたウェルズは、師の下から逃げ出した。

師は通り名持ちの魔術師だ。逃げたからと言って逃げ切れるわけがない。生き延びるためには、戦うしかない。師にも見せていない、空間跳躍の魔術が切り札だ。

だからこの屋敷に逃げ込み、戦う準備をしようとしたところで、この異変に巻き込まれたのだった。

「――ルズ――……ウェルズ……ウェルズ！」


自分を呼ぶ声に、ウェルズはハッと目を開く。

そこには心配した様子の少女の顔があった。

「え、あ……あれ……？」

「大丈夫《だいじょうぶ》か？　ひどくうなされていたぞ」

言われて気付く。ウェルズは全身汗でぐっしょりと濡《ぬ》れていた。

「怖《こわ》い夢でも見たのか？」

「そっ、そんなんじゃねえよ！」

噛みつくように吠《ほ》えると、シャスティルはむしろホッとしたように息をもらした。

「それだけ元気があれば大丈夫だな」

そう言って、怒《おこ》る様子もなく隣に腰掛《こしか》ける。

「……お前、なんで怒らねえんだよ」

「なにか怒るようなことがあったか？」

まるでウェルズを守るのが自分の使命だと言わんばかりの答えだった。

自分がなさけないやつに思えてきて、膝《ひざ》を抱《かか》える。

「……本当は俺、逃げてきたんだ」

「うん」

「俺、師匠《ししょう》に褒めてもらいたくてがんばってきたのに、師匠は俺のことを道具としか思ってなかったんだ」

「……うん」

「俺は、道具なんかじゃない。俺はただ、ちゃんと認めてほしかっただけなのに……！」

自分でも支離《しり》滅裂《めつれつ》だと思う叫《さけ》びに、シャスティルは笑うでも軽蔑《けいべつ》するでもなく、そっと抱き寄せてくれた。

「君はなんだか私の知り合いに似ているな。その人は人間的には尊敬できないが、とても強くて頼《たよ》りになるんだ。だからきっと、君は素晴《すば》らしい魔術師になれるよ」

「……なんで、お前にそんなことが言えるんだよ」

ウェルズのことなど、なにも知らないくせに。

シャスティルは当然のように微笑《ほほえ》む。

「わかるさ。少なくとも、君が私を置き去りにして逃げるような姑息《こそく》な人間でないことを知っている。泣いて悔《くや》しがるほど、向上心を持っていることもわかった。なら、必ず成果は実を結ぶ。私が保証しよう」

その言葉だけで、なんだか救われたような気持ちになれた。

「……変なやつ」

「よく言われるよ」

そう言って、ウェルズを抱え起こす。

「さあ、そろそろここを脱出しよう」

「……」

ウェルズは、すぐに答えることができなかった。

——脱出しても、師匠からは逃げられない。

師の目的を知ってしまったと気付かれたら、殺される。そして体を奪《うば》われるだろう。本当に勝ち目なんてあるのだろうか。

絶望的な気持ちになるウェルズの肩を、シャスティルは力強く摑《つか》む。

「大丈夫。私がついてる。これでも私は結構強いんだぞ？」

それはリッチーを一刀両断したことからも確かだろう。

——でも、師匠に襲《おそ》われて無事なわけがない。

いつの間にか、自分の未来よりもこの少女の身を案じている自分に、ウェルズは戸惑《とまど》った。

シャスティルは真摯《しんし》な瞳《ひとみ》を向けて言う。

「ウェルズ、勇気を持て」

「勇気……？」

「そう、勇気だ。君はすでに賢《かしこ》く、洞察力《どうさつりょく》も持っている。君くらいの年でそこまでできる者を、私は他にひとりしか知らない。そんな君が勇気を持てたら、できないことなんてなにもない」

その言葉に、なぜか涙《なみだ》がこぼれてきた。

——この人は、会ったばかりの俺のことを、ちゃんと認めてくれてるんだ……。

だから、逃げるようなダセえ格好など見せるわけにはいかない。

顔を拭って、ウェルズは頷《うなず》いた。

「……ああ！　師匠なんてなんでもねえ。俺がやっつけてやる！」

なにを怯《おび》える必要があったのか。自分にはもう力がある。

シャスティルと手を繋いで、ウェルズは部屋を出る。

そこで、シャスティルは突然独り言のようにつぶやく。

「……っ？　ああ、そういうことか……。わかった。ウェルズ、こっちだ」

少女は自分の足下《あしもと》――その影《かげ》に向かってつぶやいているように見えた。

手を引かれ、薄暗《うすぐら》い廊下《ろうか》を歩いていくと、不思議と迷宮は自分から出口を示すように扉が開かれていた。

扉を何度か潜《くぐ》ると、玄関《げんかん》ホールに出ることができた。

外へと通じる扉も少しだけ開いていて、そこから薄明《うすあ》かりが差し込《こ》んでいた。

「出られる！　やったぜ。行こうぜシャスティル」

「ああ」

そうして、玄関の扉を潜ったときだった。


するりと、繋いだ手の感触《かんしょく》が消えた。


「え……？」

ふり返ると、そこには薄汚《うすよご》れた玄関ホールがあるばかりだった。

手を繋いでくれていた少女の姿は、どこにもない。

「おい、どこだよ。――――……」

名前を呼ぼうとして、できなかった。

たったいま呼んだはずの彼女《かのじょ》の名前は、なんだった？　手で掬《すく》った水のようにするする
とこぼれ落ち、少女の記憶《きおく》を留《とど》めておくことができなかった。
あの優しそうな顔までぼんやりと霞《かす》んでいき、ついにはそれが誰《だれ》だったのかもわからな
くなってしまう。
そうして、わかってしまったような気がした。
大量のゴースト。それを操《あやつ》るリッチー。そんな屋敷《やしき》の中にいた少女。
あの少女も、そういうことだったのではないだろうか。
「……いっしょにいてくれるって、言ったじゃねえか」
ぼろぼろと、どうしようもない無力感とともに涙が止まらなくなった。
それでも、立ち止まっていたのはそう長い時間ではなかった。
――勇気を持て――
もう顔も思い出せないあの少女は、確かにそう言ったのだ。
こんなところで立ち止まって、殺されてなどやるものか。
――真っ向から挑《いど》んで勝ち目がないなら、暗殺だ。
いまの自分の、空間跳躍魔術《ちょうやくまじゅつ》があればできる。
チャンスは一度きり。

師に気取られる前に、一撃《いちげき》で仕留めるのだ。

ただ、ウェルズは気付いていなかった。

幽霊屋敷の中を彷徨ううちに、外の時間が何日も過ぎていたことを。

正確には、幽霊屋敷から戻れた日付という座標が、数日ほどズレていたわけだが。

空間跳躍を果たし、師を暗殺しようとしたウェルズが見たのは、すでに殺された師の姿だった。

そして、それが自分よりも年下の少年によって返り討ちにされたことを知る。

十二

『――ウェルズ？　どこへ行ったんだ、ウェルズ？　え……いや、まさか幽霊《ゆうれい》だったなんてことは……？』

水晶玉《すいしょうだま》の向こうで、シャスティルが困惑の声をもらしていた。

よく考えたらシャスティルには常に〝影〟を開いているのだ。そこから語りかければ外に誘導《ゆうどう》できる。

そうやって屋敷の外に放《ほう》り出すと、どういうわけかドッペルゲンガーは消滅《しょうめつ》していた。

手を繋《つな》いでいた相手が急にいなくなったことで、シャスティルがパニックを起こしているがひとまずの危機は去ったと見てよさそうだ。

バルバロスはどっかりと椅子《いす》に腰《こし》を落とす。

「はー、なんだったんだ、結局？」

「ふぅむ。屋敷の外に出た途端《とたん》消えたところを見ると、原因は屋敷にあったと考えるべきじゃろうな。なかなか興味深い」

あの〈アザゼル〉という災厄《さいやく》の力は、時空にさえ影響《えいきょう》を与《あた》えているようだった。

「……となると、過去の俺がここに迷い込んでた、ということになるのか？」

「その可能性が高いと思うが、どうなのじゃ《煉獄》？　おぬし自身に、その記憶はあるのかえ」

バルバロスは額に手をやる。

ドッペルゲンガーは十歳くらいに見えた。当時の自分と言えば、ちょうど師匠を殺そうと野心を抱《いだ》き始めたころで、その矢先にザガンによって師が殺されたはずだ。

「……わかんねえな。なぁんか、誰かに会ったような気もするが、思い出せねえ」

時間というものを研究する魔術《まじゅつ》師は少なくない。

しかし成功したのは流れを遅くする程度のもので、成果は上がっていない。特に時間跳躍に関してはただのひとつとして成功例がない。

主な原因として上げられるのは、どうやら時間というものに修復能力があるらしいということだ。

時間を超《こ》えることに成功したとしても、時間というものがそれを修復しようとするため、時間を超えたという事実がなかったことになってしまうというものだ。最悪、それで術者自身の存在が消滅する可能性もある。

もしも先ほどのドッペルゲンガーが過去のバルバロスだったとしても、時間の修復によってその記憶は消去されてしまうだろう。

これにはゴメリも唸《うな》るしかなかった。

「推測はできるが、それを証明するのは不可能ということじゃな」

それから、水晶玉に目を向ける。

いつの間にか、シャスティルは目を回して倒《たお》れていた。彼女の中でバルバロスのドッペルゲンガーは幽霊ということになったのだろう。

「悪《わ》りいがゴメリ。ポンコツを教会にでも放り込んでくれねえか？」

侵入者《しんにゅうしゃ》のおかげで〈煉獄〉の修復はまったく進んでいないのだ。というかもう、なんか疲れた。

ゴメリは嫌がる様子もなく頷く。

「きひひっ、よかろう。今日は存分に愛で力を堪能《たんのう》させてもらったのじゃ」

結局はしゃぐだけでなにもしてくれなかったおばあちゃんは、本当に満足そうに帰っていった。

まあ、バルバロスひとりだとドッペルゲンガーを殺していただろう。それを止めてくれただけでも、仕事はしてくれたと言えるかもしれないが。

そうしてしばらく背もたれに身を預けていると、不意に気配を感じた。

「……あんだよ。今日は見ての通り、おもしれえことなんてねえぞ?」

「だろうな」

いちいち確かめなくともわかる。そこに立っていたのは悪友だった。

「なんの用だ？」

「なに、今日は貴様の幽霊屋敷《ゆうれいやしき》とやらで楽しませてもらったからな。褒美《ほうび》を与えにきただけだ」

「はん。せいぜい奮発してくれや」

そう言うと、ザガンはなにも言わずに屋敷の結界を操作し始める。

「おい、なにしてやがんだ」

「〈アザゼル〉に壊されたのだろう？　原因はやつの力に浸蝕《しんしょく》されたことにでもあるんだろう。なら、やつの残滓《ざんし》を焼き払《はら》えば修復も利《き》くはずだ。貴様はとっととこの薄汚《うすぎたな》い屋敷を亜空間《あくうかん》に引っ込めるんだな」

「……はん。余計なお世話だっての」

そう吐《は》き捨てて、バルバロスはよっと声を上げて起き上がる。

「余計なとこいじんなよ？」

「貴様こそ盗んだ魔道書を返せ。いくらか回収したが、まだあるだろ」

「おいおいおい、俺は単にこき使われた分の報酬《ほうしゅう》をいただいてるだけだぞ？」

「ふざけるな。報酬は報酬として与えているだろうが」

文句を言い合いながら、悪友ふたりはよどみなく手を動かす。

朝露《あさつゆ》が草を濡らすころには、人騒《ひとさわ》がせな幽霊屋敷は亜空間の中へと消えていた。

……幽霊屋敷が忽然《こつぜん》と消えたことでシャスティルがもう一度大騒《おおさわ》ぎするのだが、それはまた別の話である。

「――それじゃあつまり、バルバロスさんが年上好きってそれが原因ってことですか？」

「恐らくは間違いなかろう」

「くーっ、お酒が美味《おい》しい！」

馬鹿騒《ばかさわ》ぎする四人を見かねたように、黒花《くろか》が声をかける。

「もう、クーやセルフィを変な集まりに巻き込まないでください」

「あ、黒花ちゃん。あのおじさんとお付き合いできるようになったって？　おめでとう！」

「な、なななななんでクーまで知ってるんですか！」

「自分が教えてあげたッス！」

「なにやってるんですかセルフィッ！」

うろたえる黒花に、マニュエラがそっと椅子を引いてテーブルへと誘う。

「んふふ、お相手はシャックスくん？　まさか新しい〈魔王《まおう》〉にまでなっちゃうなんて、黒花ちゃんの見る目は確かだったみたいね」

シャックスが褒められたことで、黒花もふにゃりと顔をゆるませてしまう。

「そ、そんなことないですよ。シャックスさんががんばったってだけですから」

「あら、でもそんなシャックスくんを支えてきた黒花ちゃんの力は大きいと思うわよ？

改めておめでとう。あ、もうお酒飲める歳よね？」

マニュエラは返事も待たずに猪口《ちょこ》を置くと、そこにリュカオーンの酒を注ぐ。

「も、もう……。少しだけ、ですよ？」

黒花は敢《あ》えなく陥落《かんらく》した。

「よせクロスケ！　そっち行くと戻《もど》ってこれなく――」

「――黒花嬢、そなた旅先ではずいぶんシャックスめとよい雰囲気《ふんいき》だったではないか。そ

このところ、妾たちにも聞かせてほしいのう」

異変に気付いたシャックスが声を上げるが、ゴメリたちの前にはあまりに無力だった。

「うんうん。ザガンさんもシャックスさんは気概《きがい》がある男だって褒めてたし」

「し、しょうがないですね！」

テーブルについてしまった黒花は、ちょろく旅先での出来事を話してしまうのだった。

第二章 ✡ 黒猫カプリチオ

一

「シャックスさん、ご飯できましたよ」

現在、黒花《くろか》とシャックスは〈魔王〉ザガンの命により、諜報《ちょうほう》任務に就《つ》いていた。目星を付けたのは鉱山都市オリヒオ。キュアノエイデスから数日の距離《きょり》にある街で、この夜は野宿をすることになったのだった。

たき火にかけられた鍋《なべ》の中にはふっくらとした穀物が炊《た》けている。鍋はふたつあり、もう片方にはお湯で溶《と》いて作る固形調味料のスープが温められている。

黒花は薄《うす》っぺらい金属の椀《わん》にご飯をつぎ分けると、そこにしわくちゃの小さな赤い実を乗せた。大きさとしてはプチトマトくらいのものだが、この国では馴染《なじ》みのないものだ。

「はい、どうぞ」

「ああ。ありがとな。……って、なんだいこりゃ？」

「ウーメ・ボッシというリュカオーンの漬物《つけもの》です。あ、でも漬物って大陸じゃあまり食べないんでしたっけ。ええっと、スパイスの一種と言えばいいんでしょうか？」

「ピクルスみたいなもんか？」

「そうですね。ピクルスが一番近いと思います。フォークなんかでほぐしてお米といっしょに召《め》し上がってください。お口に合えばいいんですけど」

そう言って微笑むと、なにやらシャックスは戸惑うように視線を泳がせた。

「お、おう。食えるものならなんだってありがたいよ」

その横顔が赤く見えたのはたき火のせいではないだろう。

黒花は心の中で拳《こぶし》を握《にぎ》った。

――ネフィさんの教えてくれた攻撃《こうげき》方法、効果的ですよ！

黒花がどれほど好意を訴《うった》えてもシャックスには気付いてもらえないというか、暖簾《のれん》に腕《うで》押《お》しだったのだ。それを嘆《なげ》く黒花に、ネフィが助言をしてくれた。

――殿方《とのがた》を虜《とりこ》にするには、胃袋《いぶくろ》を掌握《しょうあく》するとよいと聞きます――

これまで黒花は色恋沙汰《いろこいざた》に関《かか》わる機会がまったくなかったのだが、それでも食で魅了《みりょう》するという方法は耳にしたことがある。ネフィ自身もその手法でザガンに絶大な戦果を上げることができたという。

都合がよいことに、シャックスはまるで料理ができない。放っておいたらその辺の雑草を食べて満足しそうだし、そもそも魔術師は食事を絶っても数日くらいは平気で活動できてしまうのだ。

それもあって、食に対して無頓着《むとんちゃく》なところがあった。

だがそれは、食に対して無防備でもあるということだ。

せっかくザガンが用意してくれたふたりきりの旅。そして野営というチャンスに、黒花は猛然《もうぜん》と攻勢《こうせい》に出ていた。

ただ、ウーメ・ボッシはリュカオーンの食べ物である。

馴染みのない食べ物。シャックスはフォークで突《つ》き刺《さ》そうとするが、中には大きな種が入っている。表面を虚《むな》しくつんつんと突《つつ》くことしかできず、ほぐそうにも力を込めれば柔《やわ》らかいお米の中に埋没《まいぼつ》していってしまうばかりだ。

「うん……？　むむ、結構難しいな」

――確かにフォークで食べるのは難しかったかも……。

明らかな選択《せんたく》ミス。だが、黒花はこれを畳《たた》みかけるチャンスと受け取った。

黒花は苦笑《くしょう》すると、シャックスの手から椀を取り上げる。

「すみません。フォークだと少し食べにくかったですね。ちょっと貸してください」

そう言って胸元《むなもと》から取り出したのは、二本の鉄の棒だった。

その仕草になにやらシャックスが一瞬《いっしゅん》、顔を強張《こわば》らせたような気がした。

「……？　どうかしましたか？」

「い、いや、なんでもない。それよりなんだい、その棒は？」

「これは箸《はし》と言って、ご飯を食べるのに使う道具です。と言っても、リュカオーンでも廃《すた》れてしまって、いまでは古い村や集落なんかでしか使われていないんですけど」

三大王家のひとつと言っても、黒花のアーデルハイド家は山間の小さな集落にあった。ネプティーナ家やヒュプノエル家のような城もなかったので、黒花自身は村の地主くらいの感覚だ。王家の中でも箸など使っていたのはうちくらいのものだろう。

当然、ザガンの城に置いてあるはずもないものだが、この前、誕生日のプレゼントにとリリスとセルフィがウーメ・ボッシと共に贈《おく》ってくれたものだった。

黒箸の先端《せんたん》をウーメ・ボッシに突き刺すと、左右に裂《さ》いて器用にほぐしていく。

「へ、へえ？　器用なもんだな」

「こんなの使い方を知っていれば誰でもできますよ？」

とはいえ感心してもらえたのは嬉《うれ》しくて、頭の上の耳をヒクヒクと震《ふる》わせてしまう。

やはりどこか落ち着かないように視線を泳がしつつ、シャックスはふと声を上げる。

「箸……ああ、思い出した。そういえばリュカオーンの文献《ぶんけん》で見た覚えがあるな」

手を動かしながら、黒花は赤い瞳でシャックスを見上げる。

「へええ、リュカオーンの文化に関する書物ですか？　どんなふうに書かれてるのか、少し興味あります」

「つっても医学書だぞ？」

「医学書？」

意外な名前に黒花は小首を傾《かし》げる。

「ああ。大陸《こっち》じゃ患部《かんぶ》の摘出《てきしゅつ》や固定にピンセットを使うが、当時のリュカオーンにはなかったらしくてな。箸を代用してたって話なんだが、これが存外に多様な取り回しが利くもんで医療《いりょう》に使えないかって研究してた魔術師がいたんだよ」

「……シャックスさん、確かに聞いたのはあたしですけど、これからご飯なんですけど」

その〝摘出される患部〟とそれに用いられる箸を想像してしまい、黒花は顔をしかめた。それでご飯を食べる身にもなってもらいたい。

この通り、デリカシーという言葉を知らない男である。黒花がぐいぐい攻《せ》めても戦果を上げられないでいる原因は、これも大きいだろう。

ただ、今日の黒花はそんなことで引き下がりはしないのだ。

　ほぐし終えた赤い実の欠片《かけら》を温かい白米の上に乗せると、それをひと口分だけ箸でつまむ。そして、そのままシャックスの顔の前に差し出した。

「はい、どうぞ」

「ど、どどどうぞってお前……っ！」

　動揺《どうよう》の声が心地《ここち》よい。

　いわゆる『あーん』というものだった。

「ど、う、ぞ」

　そして、もう一度同じ言葉を繰《く》り返す。

「うっ、ぐうぅ……っ、だから……」

　シャックスはなにやらものすごく葛藤《かっとう》するが、これでも黒花のことを大切には扱《あつか》ってくれるのだ。応《こた》えたいとも思ってくれているようで、頰《ほお》に冷《ひ》や汗《あせ》を伝わせながら苦悶《くもん》する。

　とはいえ、やっている方も恥《は》ずかしいのだ。黒花は澄《す》ました笑顔《えがお》を浮かべつつも、頰を朱《しゅ》に染めてプルプル震えていた。

　義父のラーファエルに見られたら即刻《そっこく》シャックスの首が落とされそうな光景だが、いまここに義父というブレーキは存在しないのだ。黒花は躊躇《ちゅうちょ》なく前に出た。

そんな少女を前に、シャックスもついに根負けしたように口を開く。

ぱくっと箸の先のお米を口に入れる。わずか十数秒の間ではあったが、この熾烈《しれつ》な戦いを制したのは黒花である……かのように見えた。

「ふふふ、どうですか？」

「あ、ああ、美味《うま》い……と、思う」

もう味なんてわからないと言いたげな顔だったが、そんな反応が見られただけで黒花は満足だった。

――いつまでも子供扱いなんてさせませんから！

それから、シャックスは困ったようにガシガシと頭をかいて顔を背《そむ》ける。

「お前、こういうのはズルいからやめろよな……」

「あら、ズルいなんて心外です。ネフィさんとお兄さんもよくやってるじゃないですか」

城の食堂でも堂々とやっているのだから目にしないはずもない。

一応、あれで本人たちは他の者たちが見ていない隙《すき》にこっそりやっているつもりらしいが、黒花を含《ふく》めて城の住人は各々《おのおの》の分野の最精鋭である。リリスやセルフィのような非魔術師でさえ三回に二回は気付いている様子だった。

なのだが、シャックスが言いたいのはそういうことではないらしかった。

「いや、そっちじゃなくてだな……」

「……？　あ」

首を傾げて、気付いてしまった。

──このお箸、このあとあたしが使うのでは……？

黒花は硬直《こうちょく》した。

つまるところ間接キスというものになってしまうのではないか？　まさかあの〈魔王〉とその嫁《よめ》は、日常的にこんな高度な葛藤と戦っているのか？　なんだかすごくいけないことをするような気分になるが、だがしかしこの機会を逃《のが》したくないという気持ちもある。

あわあわと声にならない声を上げていると、シャックスもなぜかいま気付いたというようにハッとする。

「い、いや待て！　違《ちが》うぞ？　そういうことじゃなくてだな。いやそっちも問題ではあるんだが」

「え、えうぅっ？　違うんですか？　これ以上いったいなにが……？」

間接キス以上に意識するようなことが、ここで起きているというのか？

うろたえる黒花を見て、あらぬ疑いを持たれても困ると結論したのか、やがてシャックスは観念したように口を開いた。

「いやその、箸って道具だが……」

「はい」

キョトンとする黒花に、シャックスは言いにくそうにこう告げた。

「お前それ、どこにしまってた？」

「それは胸の中に……………………………………ぴぃっ？」

そうなのである。

黒花は幼馴染《おさななじ》みからの贈り物を、大切に胸の間に挟《はさ》んで仕舞《しま》っていたのである。

もちろん大切にしていたというのもあるが、この鉄の箸は強度もあって武器としても使える。丸腰《まるごし》になったときの奥《おく》の手《て》にもなりうるのだ。それゆえ、一番落としにくくて取り出しやすい場所を選ばざるを得なかった。

つまり、直接肌《はだ》に触《ふ》れていて、なおかつ肌の温《ぬく》もりであたたまった箸で、異性に『あーん』を強要したわけである。

黒花の強靱《きょうじん》な精神力を以《もっ》てしても、この事実には耐《た》えられなかった。

落ち着いた仕草で椀を置いてその上に箸を乗せると、黒花は猛然と両手で顔を覆《おお》い、羞《しゅう》恥《ち》心《しん》に身を焦《こ》がした。頭の上の三角の耳までぺたんと寝《ね》てしまったほどである。

「それはその、大変な粗《そ》相《そう》を……」

「い、いや、指《し》摘《てき》できなかった俺《おれ》も悪い……」

沈黙《ちんもく》。

たき火がパチパチと燃えさかる音だけが響《ひび》いていた。

それからややあって、黒花は気付いてしまう。

――でもあれ？　じゃあシャックスさんは気付いてたのに、食べてくれたんですか？

しかも『ズルい』だとかなんだと言っていた。

自分の顔が火を噴《ふ》きそうなくらい赤くなるのを自覚した。

――ズルいのはどっちですか。

わかってたのに応えてくれて、こんなふうに動揺した顔も見せてくれて、しかもそれは決して嫌《いや》そうなものではなかったわけで。

――どうしよう。顔がゆるんじゃう……！

掘《ほ》った墓穴《ぼけつ》はあまりに深かったが、底でひょいと抱き止められたかのようである。

とてもシャックスの顔を直視できない有様だったが、このこみ上げる感情は座《すわ》り込んで悶《もだ》えているだけでは収拾《しゅうしゅう》が付かない。

「………」

「お、おい、クロスケ……？」

何度も天を仰《あお》いだり地面を転がりそうになったり悶絶《もんぜつ》した末、黒花がとった行動はシャックスの隣《となり》に座り直す、だった。

二股《ふたまた》のしっぽが己《おのれ》の意思とは無関係にシャックスの背中を撫《な》でるようにじゃれついてしまっていたが、気にする余裕《よゆう》はない。

顔を覆ったまま、黒花は言う。

「……あの、シャックスさん。スープ、火から下ろしてください。焦げちゃいます」

「あ、ああ……」

両手が塞《ふさ》がっているのだから火から鍋を下ろすこともできない。そう頼《たの》むと、シャックスも察してくれたようにたき火から鍋を取り上げてくれた。

それから、なにも言わずにふたり分のスープを注ぎ分ける。

「ええっと、食えるか……？」

黒花はふるふると首を横に振《ふ》る。

「うん。まあ、そうだな。あとにするか」

シャックスが独り言のようにそうつぶやくと、きゅるると黒花のお腹《なか》が鳴った。丸一日歩き通しだった上に、野営の準備までしているのだ。体は疲労《ひろう》しているし、空腹だって感じていた。

お腹の音を聞かれてしまったことで、ヒトの耳まで真っ赤に染まる。

顔を覆ったまま、指の隙間《すきま》から涙ぐんで黒花はシャックスを睨《にら》む。

「いや、いまの俺は悪くないだろっ？」

「……て、ください」

「……うん？」

「両手がふさがっているので、食べさせてください」

「んなっ？」

もはや破れかぶれというか、自棄《やけ》っぱちのように黒花は訴える。

シャックスは露骨《ろこつ》にうろたえるが、いまの黒花になにを言っても無駄《むだ》と察したのだろう。

ややあって、仕方なさそうにため息をつく。

「……誰にも言うなよ？」

——本当にやってくれるんですかっ？

その言葉に、黒花は歓喜《かんき》で頭の上の耳をピククッと震わせつつ、小さく頷いた。

シャックスはスプーンでスープをひと掬いすると、それにふうふうと息をかける。ほどよく冷めるのを見計らって、黒花の顔の前に差し出した。

待っているだけで、心臓がバクバクと鳴って口から出てきそうだった。

それから、怖《お》ず怖ずと口を開いて、スプーンを咥《くわ》える。

顔を覆ったままやったもので、唇《くちびる》からこぼれたスープの一滴《てき》が顎《あご》を伝って胸元に落ちた。

こくりと音を立てて、スープを飲み込む。

「……ええっと、美味いか？」

「…………はい」

正直、味なんてわからなかったが黒花は頷く。

シャックスは仕方なさそうに苦笑する。

「それなら顔くらい見せてもらいたいもんだがな」

もう心臓の音が外に聞こえているのではないかと思うほど大きく鳴っているのだが、その言葉でなにか覚悟《かくご》ができてしまった。

黒花は顔から両手を離《はな》すと、うつむいたまま今度はシャックスの顔に触れた。

「へ……？」

そしてその顔を強引《ごういん》に自分に向かせ、黒花は上目遣《うわめづか》いにゆっくりとシャックスの顔を見

上げた。

「こ、これで、いいです、か……？」

上擦《うわず》った声。

気持ちが昂《たか》ぶり過ぎて、赤い瞳には涙まで滲《にじ》んでいる。

黒花の緊張《きんちょう》につられたのか、シャックスの顔にも動揺の色が浮《う》かぶ。その視線が、自分の唇へと吸い寄せられるのがわかった。

――なんだろう。いまなら、いいような気がする……。

シャックスの顔を引き寄せるようにして、黒花も顔を近づける。

シャックスもそれを受け入れるように、ゆっくりと顔を近づけた。

遠征《えんせい》中ということもあって、普段《ふだん》より伸《の》びた無精髭《ぶしょうひげ》が目に留まる。顔が触れたらチクチクしたりするのだろうか。

ゆっくりと目を閉じ、唇を重ねようとした――そのときだった。

「くしゅんッ」

「うぇっ？」

緊張に耐えきれなかったかのように、黒花はくしゃみをしてしまった。

瞬間《しゅんかん》、我に返ってお互《たが》い凄《すご》い勢いで距離を取る。

「ご、ごごごごめんなさいシャックスさん！」

「い、いいいいいいや、いいんだクロスケ！」

さすがにいまのは踏《ふ》み込み過ぎたかもしれない。

――あ、あたし、いまなにをしようとしたんですかっ？

シャックスは受け入れてくれそうな雰囲気だった。

千載一遇《せんざいいちぐう》のチャンスだったとは思う。

だが、実際にできてしまったら黒花の心臓は耐えられなかったに違いない。

もう一度挑《いど》む勇気は、黒花にはなかった。なにより、先ほどまでの雰囲気はもう台無しになっている。外ならぬ、黒花自身の失態によって。

夜風が身震《みぶる》いするほど冷たかったが、顔の火照《ほて》りを拭《ぬぐ》い去るにはあまりに非力だった。

声にならない声を上げて呻《うめ》いていると、ふわりと背中をあたたかいものが覆った。

「ふえ……？」

顔を上げると、シャックスが肩《かた》にマントをかけてくれていた。

「あー……、その、なんだ。あんま火から離れると、体冷やすぞ」

あんなポカをやらかした黒花に、シャックスは当然のようにまたこうやって優《やさ》しくするのだ。

——……また、あたしの負け、ですかね……。

黒花は火の前に戻って座り直すと、もう一度シャックスの隣に身を寄せた。

「……寒いので、隣にいてもいいですか？」

「はいはい」

またしても子供扱いされてしまったが、まあこれは仕方がない。

「いいから飯食うぞ。冷めちまう」

確かにせっかく注ぎ分けたのに、どちらもひと口しか食べていないのだ。黒花も、もそもそと簡素な夕食を口に運ぶのだった。

「……ふふふ」

「……なんだよ」

「いえ、こういうも悪くはないなって」

「……そうかい」

ご飯はすっかり冷めてしまったが、黒花の顔はいつまでも火照ったままだった。

「――めちゃくちゃイチャイチャしてるじゃん！」

鼻息も荒《あら》く、クーが立ち上がった。

「そ、そんなことないですよ……？　まだ手を繋いだことだってないし、キ、キスとかだって、結局できなかったし……」

目の治療《ちりょう》中は手を引いてもらったことがあるが、そういうのではないのだ。

くぴっと猪口を傾《かたむ》け、リュカオーン酒を飲み干す。

「そう。手を繋いで、街中とかいっしょに歩いてみたいんです……」

その言葉にクーが首を傾げる。

「黒花《くろか》ちゃんならそれくらい余裕なんじゃないの？」

「クーよ。そなたこの会合に出席しておきながらまだまだ未熟よな。そこで立ち止まってしまうから悦《よ》いのじゃ。んんっ、ナイス愛《め》で力《りょく》！」

外野がなにやら騒《さわ》いでいるが、黒花の三角の耳までへなっと寝てしまうのを見て、ゴメリも驚《おどろ》いた顔をする。

「ど、どうしたのじゃ、黒花嬢《じょう》？」

「……手を繋いだり、してほしいんです。でも手を繋いだのに握り返してもらえなかったらとかそんなこと思っちゃって。それで結局腕《うで》に抱きついたりしてみたけど、やっぱり手繋いで欲《ほ》しかった、です」

マニュエラが次から次へとお酒を注ぐので、自覚する以上に酒が回っていたらしい。

こんなことまで話すつもりはなかったのに、黒花の口は勝手にしゃべってしまっていた。

ちなみにそれを止めるべきシャックスはというと、赤面した顔を覆ってザガンの後ろにうずくまっている。

なにやらクーも慌《あわ》てた顔をする。

「だ、大丈夫《だいじょうぶ》だよ。黒花ちゃん、手繋ぐよりよっぽど大胆《だいたん》なことしてるじゃん。黒花ちゃんが手を繋いできたのに、あのおじさんが応えてくれないことなんてないと思うよ？」

「だ、だってあのときはまだ付き合ってるわけでも……って、あれ……？」

言いかけて、黒花は硬直した。

「どうしたの、黒花ちゃん？」

「……よく考えたらあたし、好きとかなにも言ってもらってない。お父さまは認めてくれたけど、これって付き合ってるわけでもなんでもないんじゃ」

「「「…………」」」

気付いてはいけない真実に気付いてしまい、ゴメリたちが絶句する。

シャックスの方はというと、ザガンからも『お前あれだけ言ったのにまだ返事してなかったの？』と言わんばかりの呆《あき》れた眼差《まなざ》しを向けられている。

会場中から針のむしろのような視線を向けられ、やがてシャックスは意を決したように立ち上がった。

「クロスケ、飲み過ぎだ。飲み方は今度教えるって言ったろ？」

「……はい」

それからガシガシと頭をかきむしりながら、観念したようにこう付け加える。

「なにがあっても守るって言ったろ。俺は、そういうつもりで言ったんだ。だから、そんな不安そうな顔をするな、黒花」

ほわあっと、自分の顔が赤くなるのがわかった。

それから、シャックスはごしごしとローブで手を拭うと、その手を黒花に差し出す。

「ほら、そろそろ行くぞ」

「はい！」

きゅっと握り返したその手は、火照ったように熱かった。

黒花が手を引かれて立ち上がると、その背中にゴメリが声をかける。

「くふうっ、黒花嬢。敢えて言わせてもらうのじゃ」

またなにを言われるのかと身構えるが、そこに続いたのはこんな言葉だった。

「おめでとう、なのじゃ」

そこにセルフィも拍手《はくしゅ》を加える。

「いまの黒花ちゃん、幸せそうで自分も安心したッスよ」

「……！　えっと、ありがとう、ございます」

きっとこれからもすれ違ったりやきもきさせられるのだろうが、いまこの瞬間だけは、黒花は幸せだと断言できた。

◇

黒花の背中を見送って、セルフィがぽつりとつぶやく。

「みんな、いろんなことで悩《なや》んでるんスね。自分も、がんばらないとッス」

「むっ！　そなたもなかなか鋭《するど》い愛で力を持っておるのう。そなたの話も――」

「そういえば黒花ちゃんは、なんでラーファエルさんの娘《むすめ》さんになったんスかね？」

セルフィ自身はなにも考えていない発言だったが、それはこの場にいる全員の関心を惹《ひ》くには十分すぎるひと言だった。

「なるほど。確かにラーファエルさん、寡黙《かもく》なわりには黒花ちゃんのことになると妙《みょう》に過保護だものね。これはおもしろ……美味し……なにかある可能性が高いわ」

「主任殿《どの》、いまさら取り繕《つくろ》っても手遅《ておく》れだと思うですよ」

マニュエラがにこやかに振り返り、クーが涙目《なみだめ》になっているとそこに声が響く。

「――それに関しては、私が聞いておいた」

「フォルちゃん！」

先ほどまで黒花が座っていた椅子《いす》に、今度はフォルがよじ登る。そこにマニュエラが抱《だ》きつくが、フォルは慣れた調子でぐいぐい押《お》し返していた。

「ゴメリ。みんなの恋《こい》バナを聞いておいた」

ゴメリが城を空けた日、フォルは心当たりのある人間に片《かた》っ端《ぱし》から恋バナを聞いて回った。そのせいでザガン家家族会議にまで発展したりもしたが、まあ別の話だ。

ゴメリが金色の瞳《ひとみ》を輝《かがや》かせ、思わず車椅子から立ち上がった。

「素晴《すば》らしい！　さすがフォル嬢。あ、これ依頼料《いらいりょう》の魔道書《まどうしょ》とエルフ語辞典なのじゃ」

そうして差し出されたのは先代〈魔王〉オリアスの著書だった。本人は〈アザゼル〉との戦闘《せんとう》の傷から、この宴《うたげ》にも参加できないでいるが。

フォルが恋バナを求めてあちこち駆《か》け回ったのは、もちろん自身の好奇心《こうきしん》もあるがゴメリが提示した報酬《ほうしゅう》が魅力的《みりょくてき》だったからだ。

「助かる。私はまだ、エルフの文字は読めないから」

魔道書と辞典を抱きしめ、フォルは満足そうな吐息《といき》をもらす。

それから、じっとゴメリを見つめる。

「……？　どうかしたかの？」

「その年齢《ねんれい》のゴメリは、初めて見た」

「——っ、えっと、この姿はあまり見られたくないのじゃ」

ゴメリはお皿で顔を隠《かく》そうとする。そんな反応も珍《めずら》しくて、フォルは余計にゴメリに注目してしまった。とはいえ、恋バナの報告にきたのだ。

「ラーファエルの恋バナ。とても興味深かった」

そうして、フォルはラーファエルと黒花の出会いへ連なる物語を語り始めた。

第三章 ✡ 私が黒猫を娘にした理由

『──月が、とても綺麗《きれい》ですね──』

いまでもよく覚えている。

月の赤い夜だった。

聖騎士の自分をナイフみたいに小さな剣《けん》で圧倒《あっとう》した少女は、そう言って微笑《ほほえ》んだのだ。

一

宿場街の喧騒《けんそう》が嘘《うそ》のように静まり返り、吹《ふ》き抜《ぬ》ける山風に耳鳴りさえ覚える。人の賑《にぎ》わいこそあれ、こんな山間部では街灯の設備も整っているとは言えない。強い風で灯《ともしび》の明かりが陰《かげ》れば、人の力の及《およ》ばぬ山の夜が押し寄せる。

そんな暗闇《くらやみ》の中に、鮮烈《せんれつ》な火花が散った。

耳をつんざくような鋭い音とともに二度、三度と弾《はじ》けるそれは、剣戟《けんげき》だった。夜闇《やあん》の中にその火花はまばゆく、斬《き》り合う両者の姿を瞳に焼き付ける。

一方は雄々《おお》しい全身鎧《よろい》に身を包んだ巨漢《きょかん》だ。鎧だけでも相当な重量があるだろうに、大剣に分類される剣を片手で振るっている。

洗礼鎧と呼ばれるこの鎧は、装着者に無双《むそう》の力を与《あた》える加護を付与《ふよ》されたものだ。それでも一呼吸のうちに三度と打ち合える技量となると、大陸にも十人といないだろう。

洗練された剣技を振るうこの男は、聖騎士である。魔術師《まじゅつし》という超常《ちょうじょう》の存在と戦うために訓練された軍人である。

そんな男と斬り合っているのは、奇妙《きみょう》なほど小さな〝影《かげ》〟だった。巨躯《きょく》の男と比べると大人と子供ほどの差もある。小人族のように小柄《こがら》な種族だろうか。得物は包丁のように短い片刃《かたは》の剣で、とうてい大男の大剣を受けられるものではなかった。

にも拘《かか》わらず、その〝影〟は男と対等に……いや、半ば圧倒してさえいた。

当然と言えば当然のことだった。

〝影〟は黒いローブをまとい、獣《けもの》の面で覆われた顔も、フードで隠されている。そんな格好で斬り合っていながら、足音どころか衣擦《きぬず》れの音すら残さない。面には深紅《しんく》の隈取《くまどり》が施《ほどこ》され、不気味なそれは魔術師というより魔獣《まじゅう》、いや亡霊《ぼうれい》の手合いのように思えた。

それは〝影〟と表現する外ない姿で、一度剣戟《けんげき》を交《か》わしたと思ったときには夜闇に溶け込んでいる。そして闇の中から染み出すように放たれる斬撃は、どれほど身構えていようと認識《にんしき》できるものではない。

むしろ聖騎士こそ、この姿の見えない〝影〟を相手によく剣を当てているものだ。

拮抗《きっこう》は長くは続かなかった。

何度目かの斬り合いののち、暗闇でなにかに足を取られたのか聖騎士が体勢を崩《くず》す。

そんな好機を見逃《みのが》す〝影〟ではない。すかさず肉薄《にくはく》し、短剣《たんけん》が振るわれる。

鋭い金属音が響き、聖騎士の手から剣が弾き飛ばされた。

「――ッ!」

しかしそこで息を呑《の》んだのは獣面《じゅうめん》の〝影〟の方だった。

膝《ひざ》を折った聖騎士は立ち上がり様に左手を振るう。男の手にあったのは鞘《さや》だった。腰《こし》の剣帯に下げられていたそれは、簡単に外れるものではない。窮地《きゅうち》を装って〝影〟の隙を誘《さそ》ったのだ。

踏み込みすぎた〝影〟は身を仰《の》け反《ぞ》らせるも、それを躱《かわ》しきることはできなかった。

カランカランと軽い音を立てて、獣の面が地に落ちる。

「逃《に》がさんぞ――《刀狩《かたなが》り》め!」

聖騎士は吠《ほ》えて追撃《ついげき》をかけるが、〝影〟も二度目の一撃《いちげき》を許すほど甘《あま》くはない。するりと鞘の打ち込みを躱すと、大きく後ろに跳《と》んで距離《きより》を取った。

「……驚いた。あなたは、刀を狩《か》っても立ち向かうのですわね」

それはまだ幼いとさえ言える、少女の声だった。

獣の面を失った顔を、片手で覆う。

指の隙間から覗《のぞ》く瞳は、今夜の月と同じ色をしていた。

その口元が三日月のように歪《ゆが》む。

「クスクスクス、お名前を、うかがってもよろしいかしら？」

いまのいままで斬り合っていた相手とは思えぬ悠長《ゆうちょう》な、そして親しげな言葉。それでいて、ただならぬ威圧《いあつ》感に満ちた声だった。

いぶかりながらも、聖騎士は答える。

「……ラーファエル・ヒュランデルだ」

「そう……。ねえ、ラーファエルさま」

次に浮かんだのは、微笑むような淡《あわ》い笑《え》みだった。そして、短剣を握る手の人差し指を空に向けて立てる。

なんの意図があるのかと、聖騎士もその指の先を目で追った。

「月が、とても綺麗ですね」

夜の空には、少女の瞳と同じ色の月が浮かんでいた。

それから再び視線を戻《もど》して、聖騎士は渋面《じゅうめん》を作ることになる。

「……してやられた、か」

そこにはもう、少女の姿はなかった。今度こそ夜の闇に溶《と》けてしまったようで、もはやなんの気配も感じられなかった。

肩から力を抜く。

山風が止《や》み、街道《かいどう》に灯の明かりが戻る。それで思い出したかのように、宿場街に人の通りと喧噪《けんそう》が戻ってくる。

これもなにかの魔術《まじゅつ》なのだろうか。いまの剣戟が夢だったかのようだった。

ただ、地面に転がる獣の面だけが、少女の存在の痕跡《こんせき》だった。

本当に、月の赤い夜だった。

二

――無理無理無理無理、なんなんですかあれっ？

夜闇の中、少女は全力で逃げていた。恐怖《きょうふ》のあまり、黒衣の隙間からは綺麗に毛並みを整えた二叉《ふたまた》の尻尾《しっぽ》までもがはみ出している。まさになりふり構わずの逃走《とうそう》であった。

屋根から屋根へと跳び乗り、着地の足音ひとつ残さず風のように駆け抜ける。

肌を見せる隙間もない黒の衣に、黒の仮面。気配の殺し方なら数多《あまた》の種族の中でも随一《ずいいち》と言われる猫獣人《ねこじゅうじん》で、さらに里でも一番の腕前《うでまえ》を持つのが彼女だ。まあ、厳密には猫獣人ではなくケット・シーという変異種なのだが。

さらにこの愛用の小太刀《こだち》〈天無月《あまのむつき》〉には持ち主の力を高める加護がある。

たかが十五にも満たぬ小娘《こむすめ》ではあるが、夜闇に紛《まぎ》れてこの〈天無月《あまのむつき》〉を振るえば魔術師とて少女を認識することはできない。

にも拘わらず、あの聖騎士は少女の必殺の一撃を完封《かんぷう》し、あまつさえ一撃を当てて返してみせたのだ。

身の軽さに反比例して、猫獣人は打たれ弱い。剣など用いずとも殴《なぐ》られただけで骨くらいは簡単に折れる。その分、受け身などの衝撃《しょうげき》を逃がす術《すべ》は自《おの》ずと備わってはいるが、当てられたらひとたまりもないのだ。

余裕ぶって微笑んでみせたものの、あのとき背中は冷や汗でぐっしょり濡《ぬ》れ、片手で隠した笑みは恐怖で強張《こわば》っていた。

こうしているいまも、走っていることとは無関係に、心臓がひっくり返ったかのようにバクバクと鳴っている。

――聖騎士って、数人がかりでようやく魔術師と対等って話じゃなかったんですか？

どう見てもあれは、魔術師の方が数人がかりでようやく逃げ出せるかどうかくらいの力である。勝てるわけがない。

「……あれが、聖騎士長ってやつでしょうか」

聖騎士の中でも、聖剣《せいけん》という特別な剣を与えられた十二人の頂点だ。

少女が愛刀〈天無月《あまのむつき》〉を振るえば、打ち合った剣の方がへし折れる。それゆえに《刀狩り》などという呼び名を付けられているのだ。にも拘わらず、あの聖騎士の剣を折ることはできなかった。

十二人揃《そろ》えば〈魔王《まおう》〉すら倒《たお》しうるとまで言われる超常の存在なら、少女の気配を捉《とら》えることもできるかもしれない。

正直、少女の方には聖騎士と敵対する理由はないのだが、向こうはそうもいかないだろう。町の治安を守るのが彼《かれ》らの役目なのだから。

「御方《おんかた》の言う通り、大陸って怖《こわ》いところでした……」

少女はこの大陸の出身ではない。極東の島国リュカオーンに住まう一族である。

――というか咄嗟《とっさ》に御方《おんかた》の真似《まね》しちゃいましたけど、バレたらどうしよう！

あの状況《じょうきょう》で逃げる隙を作るため、どうにかはったりを利《き》かせようとして思いついたのがリュカオーンの守護者とされる〝あるお方〟だったのだ。

幼いころに一度会っただけだが、なにを考えているかわからず恐《おそ》ろしかったのだけは覚えている。彼女《かのじょ》の怒《いか》りを買うのは聖騎士に追われるより、さらに恐ろしいことである。

まあ、上手《うま》く真似られたかは怪《あや》しいが、少なくともこうして逃げる隙を作るだけの効果はあったと思う。

それを思い返して、少女は顔を覆う。

――月が、とても綺麗ですね――

故郷の古い歌人が、異性を口説く際に用いたとされる言葉である。

なんだってあんなことを言ってしまったのだろう。

とにかく相手の動揺を誘う必要があった。

気配もなく無音で放つ少女の剣さえ完封する聖騎士に、果たしていかなる言葉ならばその動揺を引き出せるのか。焦燥《しょうそう》から口を突《つ》いて出たのが、そのセリフだった。

まあ結果的に聖騎士も月を見上げてくれたので逃げることができたのだが、大陸の人間相手に意味が通じたとは思えない。別に変なやつと思われてもなにも困らないはずだが、上手く言葉にできない羞恥心がこみ上げてくる。

悶えながら走るうちに、少女はこの町での拠点《きょてん》にたどり着く。

さっと周囲の様子をうかがい、誰《だれ》からも追跡《ついせき》されていないことを確かめてから、木の葉のようにゆるりと足を止める。まあ、少女がこの装備でなおかつ全力で逃走したのだ。よほどの魔術師であっても、追跡などできることではないが。

そこは町外れの寂《さび》れた宿だった。おんぼろで飯も不味《まず》く部屋も汚《きたな》い。おまけに雨漏《あまも》りも酷《ひど》いため、よほど金のない者でも滅多《めった》に宿泊《しゅくはく》しないようなところである。

少女はそんな宿の屋根からふわりと身を投げ出すと、縁《ふち》に手をかけくるりと身を捻《ひね》って真下の部屋へと滑《すべ》り込む。

窓を閉めると素早《すばや》く黒装束を脱《ぬ》ぎ捨て、町娘《まちむすめ》然としたシャツとスカートに着替《きか》え、真っ白な前掛《まえか》けを身に着ける。腰まで覆う黒髪《くろかみ》をさっと流し、自慢《じまん》の三角耳を整えるとすっかり別人の様相となっていた。

黒装束を畳《たた》んで荷物の中に放《ほう》り込もうとして、少女は「あ」と声を上げる。

「しまった。お面、置いてきちゃった……」

あの状況では回収のしようがなかったのだが、あれは故郷の祭りで使う面なのだ。調べれば身元が割れてしまうかもしれない。

――ど、どうしよう。どうにか回収できないでしょうか？

聖騎士が拾っていない幸運を期待したいところだが、それが無理なことだとも理解していた。

頭を抱《かか》えていると、部屋の外から声が聞こえてくる。宿の店主だ。

「おいハイディ、起きてるか？　客が来たらしい。出てくれ！」

ハイディというのは偽名《ぎめい》というか、あだ名である。

この大陸でリュカオーンの名前は目立ち過ぎる。それゆえ家名の〝アーデルハイド〟を名乗ったら、呼びにくいという理由からここの店主に付けられてしまったのだ。いささか不本意ではあるが、ちょうどよいのでそのまま使わせてもらっている。

「はい、喜んでー！」

あの恐るべき聖騎士と互角《ごかく》以上に斬り結んでみせた少女だが、ここではただの店員だった。店主から仕事を命じられれば笑顔《えがお》で応《こた》えるしかない居候《いそうろう》の身である。

先ほどの恐怖を鎮《しず》めるためにひとつ深呼吸をして――走ったこともあって心臓はいまも早鐘《はやがね》を打っているが――少女は部屋を出る。

と、そこでふと疑問を抱いて少女は首を傾《かし》げる。

――あれ、でもこんな時間に宿泊客？

すでに深夜を回って日付が替《か》わるような時間だ。新規の客が来るようなことはそうそうないはずなのだが。

ともあれここでは少女はしがない店員である。パタパタと慌てて玄関《げんかん》に向かう。

「いらっしゃいませー！　おひとり様ですかー？」

鍛《きた》え抜かれた渾身《こんしん》の笑顔を以《もっ》てお出迎《でむか》えし、少女は自分の頭からザーッと血の気が引く音を聞いた気がした。

「うむ。部屋は空いているか？」

そこにいたのは、あの恐るべき聖騎士の男だった。

――普通《ふつう》に追跡されてるじゃないですかーーーーーっ！

ハイディは心の中で絶叫《ぜっきょう》した。

三

『《刀狩り》……とは？』

早朝。とある教会の礼拝堂にて、聖騎士と法衣姿《ほうえすがた》の司教が向き合っていた。

司教はそろそろ六十になろうかという老人だが、でっぷりと突き出した腹に垂れた頬肉《ほおにく》と、階段を上るのも一苦労といった体である。

聞き慣れぬその名に、ラーファエルは眉《まゆ》をひそめた。

もっとも表情筋の使い方を忘れたかのようなこの男のそれは、あたかも視線だけで相手を射殺すかのような威圧めいたものだった。

上役の司教はびくりと身を仰け反らせながらも、頬に冷《ひ》や汗《あせ》を伝わせて頷《うなず》く。

『メルカートルという宿場町を知っているか？　キュアノエイデスから南に一日ほど下った山間部にある町だ。辺境ゆえ、教会はあるが駐在《ちゅうざい》の聖騎士もない。だが行商人には重要な通り道で、それなりに活気はあるらしい』

名目上教会は置かれているが、力の及ばぬ外の土地ということだ。

そういった町を牛耳《ぎゅうじ》るのはたいていの場合は魔術師で、なるほどその《刀狩り》とやらは町を仕切っている魔術師か、それに近い者なのだろう。

別に珍しい話ではない。

聖騎士は洗礼鎧と聖剣によって魔術師を打倒《だとう》しうる力を持つが、あくまで人間なのだ。

炎《ほのお》や雷《かみなり》、それどころか想像もつかない攻撃《こうげき》を繰《く》り出す魔術師と単体で渡《わた》り合うのは難しく、まともにぶつかるなら最低でも小隊規模の人数が必要になる。加えて、洗礼鎧とて数の限られた代物《しろもの》であり、聖剣ともなればたったの十二本しか存在しない。

大陸全土を守護するには明らかに人数が足りないのだ。

ラーファエルは黙《だま》って続きを促《うなが》す。

『そのメルカートルで《刀狩り》と呼ばれる魔術師が通り魔事件を起こしているのだ。戦利品のつもりなのか、襲《おそ》われた者はみな剣を奪《うば》われているらしい』

『ふむ……？　教会の手の届かぬ地で誰が死のうと、その地の問題であろう。魔術師は魔術師同士で殺し合わせていればいい』

『……っ、く、口の利き方に気をつけよヒュランデル！』

口は勇ましいが、ガタガタと震《ふる》える司教は視線を合わせようともしなかった。

まあ、いまのはラーファエルも少し言い方が悪かったかもしれない。

魔術師にも縄張《なわば》りやルールのようなものが存在する。

教会の権力が届かぬ辺境になると、力のある魔術師が〝顔役〟として縄張りを取り仕切っている。そこで事件を起こされるということは、面子《メンツ》をつぶされるということだ。当然、魔術師は報復に出ることになる。

そこで迂闊《うかつ》に聖騎士が横やりを入れると、その両方を敵に回しかねないことになる。

それゆえ、顔役がいるうちは教会も慎重《しんちょう》になるべきである……と、言いたかったのだが残念ながら上手く伝わらなかったようだ。

司教は沈痛《ちんつう》な面《おも》持ちで言葉を続ける。

『う、運悪くそこを通りかかった聖騎士が襲われたのだ。幸い、一命は取り留《と》めたが教会としてこれを放置するわけにはいかぬ』

『……それで、始末してこいと』

『裁きを下すのだ。教会は殺し屋ではない』

やっていることは同じなのに、そんな言葉選びになんの意味があるのか。

とはいえ、民衆から支持を得られなければ聖騎士も魔術師と変わらない。その支持を得るのが司教の仕事なのだ。納得《なっとく》はいかずとも、理解する必要のあることではあった。

ラーファエルは興味もなさげに問いかける。

『要は討伐《とうばつ》であろう。他の面子はどうなっている？』

当然の問いに、司教はわかりやすくうろたえる。

『そ、それなのだが……。討伐隊の編成には時間がかかる。自由に動ける貴公にはひと足先にメルカートルへ向かってもらい、調査を始めてもらいたい』

ラーファエルはため息をもらした。

――要するに、厄介払《やっかいばら》いというわけか。

こういったことは初めてではない。

この司教から……というより周囲から自分が疎《うと》まれているのは自覚している。まあ、お世辞にも愛想《あいそ》がいい人間ではないのだ。正面から絡《から》んでくる者こそいないが、敬遠の目を向けられていることくらいはわかる。

とはいえ、これは『死んでこい』と言われているようなもので、さすがに頭が痛くなってきたが。

そうするとただでさえ人相の悪いラーファエルは、修羅《しゅら》のごとき形相になっていた。

司教はまるで剣でも突きつけられているかのように頭から汗を垂れ流し、それを上等そうなハンカチで拭う。瞬《また》く間《ま》に水浸《みずびた》しになるハンカチを握《にぎ》りしめ、口早にまくし立てた。

『き、貴公ほどの聖騎士でなければ頼《たの》めぬことなのだ。我らが後手に回れば回るほど無辜《むこ》の民が危険に晒《さら》され、教会の威信《いしん》が脅《おびや》かされる』

脅かされているのは無辜の民の命だし、そもそも教会としては身内に犠牲者《ぎせいしゃ》が出なければ静観するつもりだったはずだ。

ラーファエルは咎《とが》める意味を込めて低い声で言う。

『……口の利き方を間違《まちが》えているのは、どちらの方だ？』

司教という立場にいる者なら、ちゃんと民衆の命を第一に考えてもらわねば困る。

ただ、少々言葉が適切ではない上に、意識して低くした声はもはや殺気でもこめられているかのようだった……のだが、不幸にもラーファエルはそれを自覚していなかった。

司教の頭から血の気が引き、ぺたんと尻餅《しりもち》をついた。

『あ、あばばば、こ、殺さない、で……』

『……？　おかしなことを言う。我が殺さずに済ますと思うのか？』

それはまあ、逮捕《たいほ》という形を取れれば一番いいが、魔術師を生かしたまま捕《と》らえるのは難しい。討伐隊という名目で組まれた以上、殺傷が目的になるのは否《いな》めないはずだ。

『ひいっ』

なのだが、司教はまるで自分が処刑《しょけい》宣告を受けたかのように蒼白《そうはく》になり、最後には白目を剥《む》いて気を失ってしまう。

『……お互い、最後まで理解し合えぬ相手だったな』

これでも一応は直属の上司である。出立の挨拶《あいさつ》くらいはすべきかと思ったのだが、彼が目を覚ますのを待っているわけにもいかない。その《刀狩り》とやらが聖騎士を斬るほど見境がなくなっているなら、いつ無差別な殺戮《さつりく》に走ってもおかしくはないのだから。

――いまから早馬を飛ばせば、夜には到着《とうちゃく》するだろう。

ラーファエルが獣の面をかぶった少女と出会うのは、その夜のことだった。

四

出発の記憶《きおく》をふり返りながらラーファエルが足を向けたのは、町外れの宿だった。

――《刀狩り》には逃げられてしまったな……。

到着してそうそうに出会えたのは不運なのか幸運なのか。いずれにせよ倒しておきたかったのだが、地の利もなく味方もなしでは難しい。

回収した獣の面からなにかわかればいいが、いまは調べようもない。

そんなわけで、ひとまずは身を休める宿を求めて歩いていたのだった。

看板はひどく汚れて宿の名も読めない。家屋も古い木造で、見上げれば一部の屋根板が剥《は》がれている。雨が降れば室内にもさぞ豪華《ごうか》な滝《たき》ができることだろう。一階は酒場にもなっているが人はまばらで、ゴロツキやいかにも訳ありといった顔の旅人が居座《いすわ》っている。

ここは街から街へと商品を運ぶ行商人のための宿場町である。それこそ建物の大半が宿なのだが、その中でも特に寂れて人の寄りつかないような店である。

　ここを選んだ理由としては、教会に近いこと。トラブルになっても周囲の被害《ひがい》が少ないこと。そして訳ありの者が流れ着く先ゆえに自分のような男でも嫌《いや》な顔をされにくいということなどが挙げられる。特に最後のひとつは重要である。

　こんな町でも一応は教会が置かれてあるのだ。聖騎士である以上、そこに寝床《ねどこ》を借りるのが普通ではあるが、前の教会での待遇《たいぐう》はなにも初めてのことではない。どこに行ってもあんな対応をされるため、旅で疲《つか》れた体でさらに無意味に怯《おび》えられるというのは楽しいことではないのだ。

　そうして宿の門を叩《たた》くと、ややあって店員らしき娘が出迎えてくれた。

「いらっしゃいませー！　おひとり様ですかー？」

　明るい声で出迎えたのは、猫獣人の娘だった。歳《とし》は十五か、それより下くらいか。腰まで覆《おお》う艶《つや》やかな黒髪と、頭の上には同じ色の耳。肌《はだ》も日に当たったことがないかのように白く、商人や貴族の令嬢《れいじょう》のようにも見えた。

ラーファエルが見ても可愛《かわい》らしいと思えるくらい、愛嬌《あいきょう》のある娘だった。

——ふむ？　赤い瞳……背格好も、先ほどの《刀狩り》と似ている気がするな？

まあ、逃がした犯人がたまたま寄った宿で店員をやっていた、などという都合のいい偶《ぐう》然《ぜん》もないだろうが……。

店員はラーファエルの顔を見上げ、そしてものの見事に笑顔を引きつらせた。

「はわっ、あわわわわっ？」

まあ、暗がりで出会うには少々刺激《しげき》の強い顔だったかもしれない。

店員の少女は尻餅をつき、目には涙まで浮《う》かべて後退《あとずさ》った。

「あうっ、あうううっ、待って、殺さないでっ……！　私、まだ……」

暗い上に先ほどの戦いで顔も泥《どろ》で汚れているのだ。野盗か魔物《まもの》にでも見えたようで、店員の少女は目に涙まで浮かべて命乞《いのちご》いを始めてしまう。

出立前の司教とまったく同じ反応に、ラーファエルもため息を堪《こら》えきれなかった。

それをどう受け取ったのか、少女は『あ、ダメだこれ逃げられないわ』と言わんばかりに蒼白になってしまう。

「——おいハイディ！　お前なにやってんだ」

ラーファエルが反応に困っていると、奥《おく》から店主らしき男の声が響《ひび》いた。

そして腰を抜かした少女の襟首《えりくび》をひょいと持ち上げ、強引《ごういん》に立たせる。

「こっちはいいから酒場手伝ってこい」

「ひゃい……。ごめんなしゃい……」

這々《ほうほう》の体《てい》で引っ込む娘を尻目《しりめ》に、店主らしき男はじろりとラーファエルを睨《にら》む。怒気《どき》というより命をかけてなにかの時間でも稼《かせ》いでいるような、悲壮《ひそう》な意思が見え隠れする。

「……聖騎士か。うちになんの用だい？」

「宿を借りたいのだが、部屋はあるか？」

そう返すと、男はなぜか驚いたように目を丸くした。それからホッとしたように胸をなで下ろす。

「なんだ客か……。驚かせねえでくれよ」

驚かせるつもりは微塵《みじん》もなかったのだが、どうやら先ほどの娘が悲鳴を上げたことで警《けい》戒《かい》させてしまったようだ。

——まあ魔術師が幅《はば》を利かせる町では、聖騎士もよい顔はされぬか。

実際のところ顔も鎧も汚れ、さらに疲労《ひろう》もあって表情が険しくなっているラーファエルは罪人の一族郎党《いちぞくろうとう》滅ぼしにきた処刑人のごとき風貌《ふうぼう》だったのだが、本人が自覚することはなかった。

店主は宿の中、受付へと案内する。

まだ緊張《きんちょう》してはいるようだが、ちゃんと客として応対してくれるようだ。

「一泊《ぱく》でいいのかい」

「いや、数日ほど泊《と》まりたい。何泊になるかは、いまのところはわからん」

正直、教会に泊まった方がなにかと好都合ではあるのだが、また前の教会と同じような待遇をされると気が休まるとは思えない。

そう答えると、店主は意外そうに目を丸くする。

「へえ、こんな安宿でいいのかい？　聖騎士なら教会の方がいいベッドあるんじゃねえか」

「この顔は教会でもいい顔をされんものでな」

とはいえ、こんな宿を開いているとラーファエル程度の人相もそう珍しくはないのだろう。存外に普通の人間として扱《あつか》ってくれた。

――この町にいる間は、ここで厄介《やっかい》になるか。

店主の対応はここに腰を落ち着けたくなる程度には癒《い》やしだった。

続いて店主は先ほどの店員の反応を思い出したのだろう。ばつが悪そうに、口ひげをなでつける。

「まあ、あいつのことは気を悪くしねえでくれ。まだ雇《やと》ったばかりの新入りでな。よそ者だからちと世間知らずなところもあるんだ。あとで叱《しか》っておく」

「……慣れている」

肩《かた》を竦《すく》めるも、ラーファエルは問い返す。

「よそ者ということは、あの年で流れ者か？」

「あー、まあ、なんというか不運なやつなんだ。野盗か魔物かは知らんが、商隊《キャラバン》が襲われたらしくてな。この町まで逃げてきたはいいが荷物もねえ、金もねえってんでうちで拾ってやったんだ」

なるほど、とラーファエルは頷いた。

――道理で、この店に似つかわしくない娘なわけだ。

それに元々行商人にとって、聖騎士というのは好ましい相手ではない。大なり小なり後ろ暗いことのひとつやふたつはあるだろうし、教会という組織は寄付金を募《つの》る相手として商人を狙《ねら》っているからだ。

加えて、ラーファエルがあの恐るべき〝影〟と斬り合ってから一刻と経《た》っておらず、普《ふ》段《だん》にも増して険しい表情をしているのだ。それで年ごろの娘に怯えるなというのも無理な話だろう。

――なのに驚《おどろ》かせてしまったのは遺《い》憾《かん》だ。

そういった悲運の民を守ってこその聖騎士だろうに。人相ばかりは自分ではどうしようもないとはいえ、無念である。

宿帳に名前を走り書きし、当面の宿代を取り出しながら、ラーファエルは問いかける。

「ところで《刀狩り》とか言う魔術師に心当たりはあるか？」

その名前に、店主は露骨《ろこつ》に顔を曇《くも》らせる。

「あるもなにも、三日前にはうちの前でもひとり殺られてる。あんた、もしかしてその討伐で来たのかい？」

「うむ」

討伐隊の編成自体はまだ時間がかかりそうだが、それまで住民を守るために派遣《はけん》されたのが自分なのだ。しっかりと頷き返すと、店主はどこか安心したように顔をゆるませる。

「そりゃあ助かるぜ。ようやく教会が重い腰を上げてくれたってわけか。魔術師連中もビビって息をひそめちまってるから、どうなることかと思ってたぜ」

いきなり予期せぬ情報を耳にして、ラーファエルは表情を険しくした。店主がビクリと身を震わせるが、逃げ出さないでいてくれた。

聖騎士と魔術師なら、力が大きいのは魔術師の方だ。多対一でようやく魔術師を討伐できるのだ。例外があるとすれば聖騎士長だが、それも個では〈魔王〉に敵《かな》わない。

店主の情報は、その魔術師がすでに戦いを諦《あきら》めていることになる。

「ここにも顔役の魔術師くらいはいるのだろう。それが黙って見ているのか?」

ラーファエルが慎重に問いかけると、店主は首を横に振《ふ》った。

「……通り魔事件で真っ先にやられたのがその顔役――《怨嗟《えんさ》》って名だが――だったわけだよ。その手下が報復で《刀狩り》を探したりもしたらしいが、そいつも殺された」

これにはラーファエルも顔をしかめざるを得なかった。

――顔役がすでに討《う》たれているとは、想定の中でも最悪だな……。

顔役とされる魔術師は、言ってみれば領主なのだ。通り名持ちの中でもさらに上位、〈魔王〉に次ぐような力の持ち主だっている。北で権勢を振るった《妖婦《ようふ》》ゴメリなどは、聖騎士長すら退けたとさえ言う。

そんな顔役以上の魔術師が相手となれば、小隊規模の聖騎士でも手に余る。聖剣所持者ですら単騎《たんき》で挑《いど》むのは愚行《ぐこう》というものだ。

討伐隊が派遣されるという話ではあるが、それを任命した司教の態度を考えると期待はできない。早くとも数週間かひと月後か。到着するころにはすっかり手遅《ておく》れになっている。

――やはり、ひとりでも戦わねばならぬか。

生まれ持っての人相の悪さに加え、ラーファエルはお世辞にも口が上手いわけではないのだ。単純に戦うだけならともかく、人から話を聞き、犯人を捜《さが》すような任務はどう考えても向いていない。

それでも、いまこの店主や先ほどの哀《あわ》れな店員を守れるのは、自分だけなのだ。

頭痛を堪えるラーファエルに、店主は続ける。

「《怨嗟》は最低の魔術師だったからな。教会の殺し屋にやられたんじゃねえかって噂《うわさ》もあったんだが、今度はその聖騎士がやられたわけだろ。狙われてるのは魔術師だけじゃねえってんで、みんな縮こまってんのさ」

「教会の殺し屋……？　なんだそれは」

ラーファエルが眉をひそめると、店主は跳び上がって首を横に振る。

「おっと、俺《おれ》が言ったわけじゃねえぞ？　ただの噂だよ、噂」

どうやらラーファエルが睨んでいると思ったらしい。まあ話の流れ的にいまのは無理もないだろう。仕方なく、ラーファエルも肩を竦めて返す。

「……なにも聞かなかった」

「助かるぜ」

余計に誤解を深めたような気はするが、まあ店主の警戒心《けいかいしん》は解けたようだ。

――気になる話だな。教会に聖騎士とは別の戦力があるなど、聞いたことがないが……。

教会とて運営するのは人間である。人間が集まって、なにも後ろ暗いことが起きないというのも無理のある話である。

ラーファエルは質問を続ける。

「他になにか情報はないか？」

「情報と言われてもな、姿を見たやつはいねえって話だ。襲われたやつはみんな殺されてるからな。ただ、やっぱり剣《けん》を持った流れ者なんかが狙われてるみたいだぜ。だから《刀狩り》なんて言われてるんだろ？」

剣を使うのは聖騎士だけというわけではない。なにかしらの魔術をかけた魔剣《まけん》の手合いはよくあるもので、魔術師でも帯剣《たいけん》している者は少なくない。

——確かに、先ほどのあれは剣を狙っていたように見えたな。

だからこそ、ラーファエルが大剣を落とした瞬間《しゅんかん》に隙《すき》を見せたのだ。

そこで、違和感《いわかん》を抱《いだ》く。

「《刀狩り》に襲われた者は、みんな殺されていると言ったな？　襲われた聖騎士は一命を取り留めたと聞いているが」

まあ、あの司教からの情報なのでどこまで信じたものか定かではないが。

店主は思い出したように頷く。

「ああ、そっちはちょいと事情が違《ちが》うんじゃねえかって話だよ」

「……というと？」

店主は店先を示す。

「三日前にうちの前でも事件があったって言ったろ？　それがそのときやられたのが聖騎士だったわけだが、やられたのはふたりだったんだ」

話を聞いてみると、それまでの事件では被害者《ひがいしゃ》はひとりずつだったらしい。そして最後の事件でも、やはりもうひとりは殺されていたのだという。

「――ってわけでな、聖騎士の方はたまたま出くわして、巻き込まれたんじゃねえかって話だよ。それに物音を聞いてうちの客もぞろぞろ出てきたからな。トドメを刺《さ》せなかったんじゃねえか」

「……なるほど？」

頷いて、ラーファエルはますます違和感を強める。

――先ほどの〝あれ〟から、殺気は感じられなかったように思う。

殺人鬼《さつじんき》なら、ラーファエルが剣を落としたところで、油断はしてもトドメは刺そうとするだろう。それを、あの獣面《じゅうめん》は攻撃の手を止めたのだ。むしろ殺さないために剣を狙っていたようにさえ見えた。殺人鬼の剣には思えない。

洗礼鎧《よろい》をまとった聖騎士と対等に切り結べるのだから魔術師《まじゅつし》なのだろうが、どうにも話がちぐはぐに思える。

「《刀狩《かたなが》り》が最初に現れたのはいつごろのことだ？」

「そうだな、もうひと月くらい前になるよ」

「……なるほど。助かった。礼を言う」

「部屋は二階だ」

差し出された鍵《かぎ》には部屋の番号が刻まれている。魔術師だらけの町でこんな鍵にどれほど意味があるのか疑問ではあるが、ないよりはマシだ。

礼を言ってから階段に足をかけると、ミシリと不安な音を立てる。

身長一九〇センチを超《こ》えるラーファエルの体躯《たいく》に、洗礼鎧と大剣まで加えると重量は百五〇キログラムにも達する。床《ゆか》が抜《ぬ》けないことを祈《いの》りながら登っていくと、一階の通路の陰《かげ》に先ほどの猫獣人の店員が見えた。

ラーファエルに気付くとすごい勢いで逃《に》げていったが。

――あの娘《むすめ》からも話を聞いておきたいところではあるが……。

時期的に少女の商隊とやらを襲ったのが《刀狩り》である可能性も高い。

この反応を見ると、まあいまは無理だろうが。

五

翌朝。ハイディは手鏡に映った自分の顔にため息をもらした。

目の周りにはひどい隈《くま》が刻まれ、とうてい接客業の顔ではない。……いや、顔以前に髪《かみ》はくしゃくしゃ、頭から布団《ふとん》をかぶり、自慢の猫《ねこ》の耳はしなびたレタスのように垂れ、亀《かめ》のように丸くなったその姿は他人に見られてはならない部類のものだが。

――あの聖騎士、殺しにきませんでした。私を追跡してきたわけじゃないんでしょうか？

宿で出くわしたときは死を覚悟《かくご》したが、聖騎士は剣を抜きはしなかった。どうやら自分を追いかけてきたわけではなかったらしい。

店主の助けもあってその場は切り抜けたものの、しかし自分が逃げると彼も共犯と見做《みな》されるかもしれない。それゆえ逃げるに逃げられず、朝まで〈天無月《あまのむつき》〉を握って身構えていたのだった。

……まあ、現実には布団の中でぷるぷると震えていただけだが。

――一晩放置されたということは、私のことに気付いてない……？

気付いていたらとっくに捕《つか》まるか殺されているだろう。そうは思うのだが、こちらを油断させるために様子をうかがっているのかもしれない。あるいは確信を持っていないだけで疑われている可能性もある。

人間、後ろ暗いことがあると、疑心暗鬼《ぎしんあんき》に駆《か》られるものである。

そんなことを考え始めたら到底眠《とうていねむ》れるはずもなく、一晩中まんじりともできなかった。

「……よし。落ち着いて考えてみましょう。あのとき、顔は見られてない……はず、ですよね？」

気を落ち着かせるため、声に出して確かめる。

最後に仮面を剥がされはしたものの、すぐに手で隠《かく》したし暗かったし距離《きょり》もあった。聖騎士は魔術師ほどでたらめな視力を持つわけではないから、顔から見抜《みぬ》かれる可能性はないと考えていいだろう。それに出迎えたときにはちゃんと変装していたではないか。

うん。気付かれているわけがない。

——でも、だったらなんで真《ま》っ直《す》ぐこの宿に来るんですかっ？

そもそも読めるはずのない気配を読み、当てられぬはずの剣——鞘《さや》だが——を当てたのがあの恐るべき聖騎士ではないか。

なんかこう、野生の勘《かん》のようなもので見抜かれても不思議はない。

——いやいや、疑ってるなら確かめようとするものじゃないんですか？

夜通し身構えていたというのに、この部屋に近づく気配すらまったくなかったのだ。疑われているようには思えない。

――でも、でも……っ！

まあ思考の袋小路《ふくろこうじ》に陥《おちい》って、一晩中こんなふうに悶《もだ》えていたのだ。

「いずれにしろ〝犯行《あれ》〟を見られたのは間違いないですよね……」

ハイディがリュカオーンを離《はな》れてこんなところにいるのには、理由がある。それを果たすため、人を殺してしまった。

昨晩は失敗したが、なにもそれが初めてというわけではない。

すでに何人も斬《き》っているのだ。

「ここであいつを斬らなきゃ、逃げられます」

一晩中握り絞《し》めていた小太刀《こだち》に視線を落とす。

この〈天無月《あまのむつき》〉は対で存在する双剣《そうけん》である。それが、この場にはひと振りしかない。

ある魔術師に奪われたのだ。

それを取り返すために、ハイディはこんなところで辻斬《つじぎ》り紛《まが》いの凶行《きょうこう》に及《およ》んでいる。

他にいいやり方があるのかもしれない。誰も褒《ほ》めてくれないこともわかっている。きっと故郷のみんなが知ったら軽蔑《けいべつ》されるだろう。

それでも、ハイディには他にやり方が思いつかなかったのだ。

顔を上げると、すでに陽《ひ》が昇《のぼ》っていた。階下から店長が朝食の仕込《しこ》みを始めている音が聞こえる。

結局一睡《いっすい》もできなかったわけだが、ここで生活させてもらっている以上、仕事はしなければならない。もぞもぞと布団から出ると、顔を洗って自分の頬を両手で叩く。ちなみにいつでも逃げられるよう、着替えは済ませてある。

それから鏡の前でなんとか笑顔を作ってみせ、ようやく厨房《ちゅうぼう》へと入る。

厨房では店長が鍋《なべ》を火にかけていた。

「おはようございます、店長さん」

「おう。……ひでえ面してやがるな。顔洗ったのか？」

「はあ、まあ……」

曖昧《あいまい》に頷くと、店主は同情するように言う。

「まあ、こんな店だ。訳ありの客もくる。慣れろ」

「……はい。大丈夫《だいじょうぶ》です」

まるで大丈夫ではない答えに、店主は仕方なさそうにため息をもらす。

「お前はデザートでも作ってろ。こっちは俺が作る」

「え、でも……」

——店長の料理、不味くて食えたものじゃ……。

夜の酒場だって調理は自分や他の店員が担当しているくらいなのだ。喉元《のどもと》まで出かかった言葉を、ぐっと飲《の》み込《こ》む。

代わりに、ぺこりと頭を下げる。

デザートは昨晩のうちに仕込みが終わっているため、あとは出すだけでいいようにしてある。要するに、休んでていいと言われたのだ。

ハイディはデザートを皿に盛っていく。

(馬鹿《ばか》な野郎《やろう》だ。あのまま逃げりゃよかったのによ)

後ろで聞こえたそんな声に、ハイディは困ったような笑《え》みを返してぺこりと頭を下げるのだった。

六

ラーファエルは朝からメルカートルの教会を訪ねていた。

朝食は宿の一階で摂《と》ることができた。歯が折れそうなほど硬《かた》いパンをひとつに、材料はオートミールらしいネバネバしたなにか。他にも数人の宿泊客がいたが、みんな死んだ魚のような目でそれらを黙々《もくもく》と口に運んでいた。味は……思い出したくはない。

それと店主が厚意《こうい》でコーヒーを一杯《いっぱい》つけてくれた。他の客には出していないらしいが、討伐を激励《げきれい》してくれたらしい。ただ凄《すさ》まじく濃《こ》かったので、ラーファエルはこっそり角砂糖を三つばかり投下することになった。

それでもデザートとして添《そ》えられた見慣れぬ球体――リュカオーンの郷土料理でオー・ハッギというらしい――は美味《おい》しそうだったので、ハンカチで包んで懐《ふところ》に入れておいた。聞き込みに疲れたら休憩《きゅうけい》にいただこう。

メルカートルの教会は、どうやら孤児院《こじいん》も兼《か》ねているようだ。

敷地内《しきちない》を小さな子供たちが慌《あわ》ただしく駆けている。洗濯物《せんたくもの》や箒《ほうき》などを持っているところを見ると、遊んでいるわけではなく家事を手伝っているようだ。彼《かれ》らの中に《刀狩り》の被害者がいないことを祈りたい。

――とはいえ、近寄ると怖《こわ》がらせてしまうであろうな……。

昨晩の店員にも悪いことをした。

結局のところ、聖騎士は町の治安を守るための装置なのだ。そのために力と報酬《ほうしゅう》を充《あ》てられているのだから、いたずらに住民を怖がらせるものではない。

できるだけ子供たちに気付かれないように進もうとしたときだった。

「む……？」

子供たちの中に、ひとり妙《みょう》に目立つ子がいた。

早朝だというのに日傘《ひがさ》を差し、手には不気味なぬいぐるみを抱《かか》えている。見事な金色の髪はヘッドドレスとともに頭の左右で束ねられ、身に着けているのも豪奢《ごうしゃ》なドレス。とうてい身寄りのない子供には見えない。

視線に気付いたのか、少女はラーファエルをふり返る。

少女の瞳《ひとみ》は、月のような金色だった。それからさもおもしろいものを見つけたと言わんばかりに、小さな笑みを浮かべる。

三日月のように歪《ゆが》んだその唇《くちびる》からは、牙《きば》のようなものが覗《のぞ》いて見えた。

――クスクスクス――

あの夜と同じ笑い声に、身を強張《こわば》らせたときだった。

「――君が派遣された聖騎士かね？」

ハッとして正面に顔を戻《もど》すと、そこには初老の司祭が立っていた。

どうやらここの長のようだ。枯《か》れ木《き》のように細い手足で、白い無地の礼服に身を包んでいる。元いた教会の司教とは対照的に清貧を絵に描《か》いたような老人だ。

階級的にはラーファエルも同じなのだが、姿勢を正して敬礼を返す。

「聖騎士ラーファエル・ヒュランデル。《刀狩り》討伐に着任する」

「よろしく頼む。……すまないね。本来なら私がどうにかしなければいけないのだろうけども、恥《は》ずかしながら剣など握ったことがなくてね」

「気にするな。力に訴《うった》えるのは我らの仕事だ。貴様には期待していない」

ここが孤児院ならば、彼にはここを守るという大切な役目がある。《刀狩り》なんぞを相手にして命を危険にさらしていいはずがない。

司祭は驚いたように目を丸くするが、それからやんわりと微笑《ほほえ》む。

「そうだね。私には私のやるべきことがあるものね」

そう言って、敷地内を駆け回る子供たちに穏《おだ》やかな眼差《まなざ》しを向ける。

どうやらラーファエルの言いたいことを察してくれたらしい。初対面で怯えるどころかわかってくれるというのは、初めてかもしれない。

司祭の視線の先を追ってみると、先ほどの日傘の少女の姿はもう見当たらなかった。

「みな、良い子たちです。あの子たちが笑って暮らせるように、なにとぞ事件の解決をお願いします」

「……承知している」

手短に、ラーファエルは質問を始める。

「先日聖騎士が襲われたと聞いている。その者はここにいるのか？」

「ああ。イノ殿《どの》だね。うちの空き部屋で療養《りょうよう》してもらっているよ。町から回診《かいしん》に来てもらったおかげで、なんとか持ち直したようだ」

その回診に来た医師がどこの誰《だれ》なのかは、司祭も言わなかったしラーファエルも聞かないことにした。

「話せるか？」

司祭は首を横に振る。

「気の毒なことに、まだ意識が戻っていなくてね……」

会話は難しそうだが、聖騎士の様子だけ見させてもらうことになった。

司祭は礼拝堂の中に進んでいく。あまり建物に近づくと子供たちを怯えさせてしまいそうではあるが、調査をしないことには事件という根本的な脅威《きょうい》も取り除《のぞ》けない。ラーファエルにできるのは、できるだけ早く用件を済ませて立ち去ることくらいだろう。

歩きながら、司祭は事件のあらましを聞かせてくれた。

「《刀狩り》の事件が始まったのは、いまからひと月ほど前のことだよ」

昨晩の店主の言葉とも一致《いっち》する。別に誰かを疑っていたわけではないが、情報というものは裏を取らなければ信用できないものである。

「たったひと月の間に六人も斬られ、町の魔術師たちも手をこまねいているようだ。私たちが魔術師を当てにするというのは、本当はよくないことなのだろうけど」

最後の事件の被害者がふたりだったことを考えると、事件は五回起きていることになる。

「ふん。魔術師どもには魔術師どものルールがある。それを利用してなにが悪い」

というか迂闊《うかつ》に彼らのルールを妨《さまた》げるとあらぬ恨《うら》みを買うのだ。司祭の判断はなにも間違っていない。

まあ、ちっとも伝わりそうにない言い方ではあったが、司祭は少し驚いた顔をしてから穏やかに微笑む。

「そう言ってもらえると、少し気が楽になるよ。……話を戻すけれど、剣を持った者たちが襲《おそ》われているという話は聞いているかね？」

とはいえ、魔術《まじゅつ》を使えば聖騎士が持つような大剣でも、ローブの中に隠すことができるという。次に狙われる者を予測することは難しいだろう。

なのだが、司祭が続けた言葉はラーファエルの想像しなかったものだった。

「彼らは剣を奪《うば》われていたのではない。剣を破壊《はかい》されていたんだよ」

ラーファエルは目を見開いた。

「破壊だと？」

「ああ。どういう壊《こわ》し方をすればああなるのかな。粉々にされていて、持つところだけが残っているような状態で発見されるんだ」

司祭は剣を握るような仕草を交えて説明する。刀身はバラバラにされ、柄《つか》だけが残っていたから剣と判別できたということらしい。

「壊された剣はどうしたのだ？　処分したのか」

「いや、教会で保管してあるよ。なにか手がかりになりそうかい？」

「見てみぬことにはなんとも言えぬが」

「うむ」

魔術師ならば遺留品から持ち主を特定するようなこともできるらしいが、魔術の存在を悪としている教会でそれを試みることはできない。それでも、いやだからこそ手がかりに繋《つな》がりそうなものはひとつも見落とすわけにはいかないのだ。

「わかった。あとで案内するよ。……そうそう、あの行為《こうい》にどういう意味があるのかはわからないけれど、剣を破壊する者《ソードブレイカー》という意味で犯人は《刀狩り》と呼ばれているんだよ」

「……なるほどな」

背中の剣を意識して、ラーファエルは苦い顔をする。

「ところで、その襲われた聖騎士の剣は無事だったのか？」

どうにも彼は巻き込まれただけだから命が助かったという話だ。もしかすると剣を折られていない可能性がある。

司祭は首を傾《かし》げる。

「そういえば、壊されていなかったね」

「無事なら借り受けたい。あいにくと、こちらはこの有様なのでな」

ラーファエルは背中に背負っていた剣を剣帯ごと外す。

少しだけ抜いてみせると、その刀身は刃《は》毀《こぼ》れでボロボロになっていた。あの夜、何度も弾《はじ》けた剣戟《けんげき》の火花はこの刃《やいば》が欠けて生じたものだったのだ。

——……次は、折られるかもしれん。

聖騎士イノの剣が無事なら、予備にそちらも持っておきたい。

司祭は目を細めて刀身に顔を近づけ、ややあってから驚きの声を上げる。

「これは、まさか《刀狩り》にやられたのかい？」

「うむ。昨夜、それらしい賊《ぞく》と交戦した。どうやら《刀狩り》に間違《まちが》いなさそうだな」

まあ、その正体がまだ若い娘らしいと言っても、誰も信じないだろうが。

——もう少し、はっきりと顔が見えれば捜せたかもしれんが……。

瞳が赤かったことくらいしか、手がかりがない。

——あの宿の店員、やはり気になるな。

まあ、無関係だとは思いたいが、身体的特徴《とくちょう》が一致しすぎている。疑いを晴らしてやる意味でも確かめないわけにはいかないだろう。

頭の隅《すみ》に片付けるべき用件として記憶しつつ、司祭に向き直る。彼はずいぶんと難しそうに目を細めている。

ラーファエルの視線に気付いたのか、司祭は苦笑《くしょう》して顔を上げる。

「すまないね。私はこの通り視力が悪くてね。まったく見えないわけではないのだけど」

なるほど、とラーファエルも納得《なっとく》した。

――視力が悪いから、こちらの顔もよく見えていなかったわけか。
それで珍《めずら》しくラーファエルを見ても怯えないでいてくれたのだ。そ
見えていないだけだとしても、初対面でラーファエルを人として扱ってくれたのだ。そ
れだけでも命を懸《か》ける価値はある。
「メガネというものは使わぬのか？　司祭の位があれば教会で用意させることもできよう」
司祭は肩を竦める。
「一度は作ってもらったのだけどね。手放してしまったんだよ。見ての通り、ここはあま
り裕福《ゆうふく》とは言えないからね。そんなふうにポケットに入れてしまったのに、また次を作っ
てもらうわけにはいかないよ」
本当に生真面目《きまじめ》過ぎて目頭《めがしら》が熱くなる。どうして彼のような人格者がこんな辺境で苦労
をしていて、元の教会の司教みたいな男が贅沢《ぜいたく》をしているのか。
そんなラーファエルの心境を知る由《よし》もなく、司祭は言う。
「他に、私からお話しできることはあるかな？」
怪我人《けがにん》に負担をかけないため、前もって話せることは話しておくということだろう。
「……ふむ。そうだな、最初に殺《や》られた《怨嗟》とやらはどんな魔術師だったのだ？」
「ああ……」

その名前に、司祭は表情を曇らせる。

「魔術のことはわかりかねるが、他者に苦痛を与《あた》えることで力を得るような魔術師だった。力を振るうことを喜びとしていて、彼に殺された者は少なくない。ここにいる子供たちの中にも、親や兄弟が殺された者が何人もいる」

「なるほど、ではいくらでも恨みは買っていたわけか」

犯人が人間なら――魔獣《まじゅう》や合成生物《キメラ》など、人間以外の犯人という場合もある――怨恨《えんこん》から辿《たど》っていく手段も考えられたが、難しそうだ。そういう捜査《そうさ》には人手が必要になる。

と、そこで司祭が思い出したように言う。

「あと、役に立てるかはわからないけれど、《怨嗟》は殺される少し前にしばらくメルカートルを離れていた時期があったよ。そうだね……半月くらいだったかな」

「ほう……？　行き先はわかるか」

「……いや、ちょっとわからないね。魔術師たちなら、もしかすると知っているかもしれないが」

しかし魔術師が聖騎士の問いに答えることは少ない。

どこへ行ったのか知らないが、《怨嗟》がそこから犯人を連れてきたということはあるかもしれない。ただ、そうすると《怨嗟》が死んでいるのに、なぜ《刀狩り》は通り魔を続けているのかという疑問は残るが。

司祭は他にもひと通りの情報を提供してくれたが、宿の店主から聞けた話と変わらぬ程度のものだった。情報の裏付けが得られたと考えれば悪いことでもない。目新しいのはせいぜい、犯行は深夜に人の通りが少ない場所で行われているということくらいだろうか。

――あの夜、《刀狩り》が戦っていた相手を追うのは、少し難しいか。

ラーファエルが戦う前、実は《刀狩り》は誰かを襲っていた。だからラーファエルは助けに入ることになったのだ。暗くて顔は見えなかったが、服装はただのシャツとズボンで一般人《いっぱんじん》に思えた。

《刀狩り》が同じ人物を狙う可能性は低くないだろう。どうにか先回りして警護してやりたいところではあるが……。

だいたいの話を聞き出したところで、ラーファエルはふと思い出した。

「……そういえば、昨夜交戦した《刀狩り》だが、妙なことをつぶやいていた」

「妙なこと……かい？」

「月が、綺麗《きれい》ですね……と」

耳が痛くなるような沈黙《ちんもく》が広がった。

司祭は神妙《しんみょう》な面持《おもも》ちで口を開く。

「それは……どういう意味なのだろうね」

「単に、気を逸《そ》らすための狂言《きょうげん》やもしれん。事実、それが原因でやつを取り逃がしてしまった。ただ、それにしては妙に引っかかる言葉だ。なにか意味があるなら知りたい」

なるほど、と司祭は難しい顔をしてうつむく。

「関係があるのかはわからないけれど、リュカオーンの古い文献《ぶんけん》でそのような言葉を見たような気がする」

「ふむ……？　リュカオーンか」

ラーファエルは懐から獣《じゅう》の面を取り出す。明るい場所で見たそれは、どうやら狐《きつね》を模したものらしいとわかる。大陸ではあまり見ないものだ。

「では、もしやこれもリュカオーンの品か」

司祭はまたもや顔を近づけて仮面を見る。

「ああ、これなら見たことがあるよ。リュカオーンの神を祀《まつ》る祭事に使われるものだ。これと同じ顔の石像などもあるらしい」

リュカオーンには多くの希少種が住まうという。彼らの保護の名目で教会も交流があり、地位の高い司祭や司教なら実際に赴《おもむ》いたことのある者も少なくないのだ。

となると、やはり《刀狩り》はリュカオーンの人間で間違いなさそうだ。恐《おそ》らくかの国で《怨嗟》がなにかしらの恨みを買ったというのが、事件の発端《ほったん》なのだろう。

――しかし、リュカオーンか……。

そこがこの大陸とは違う思想や宗教観を持っているという話は、ラーファエルも聞いたことがある。また、大陸では絶滅《ぜつめつ》しているような希少種も多く存在していることから、彼らと関《かか》わるときには教会も慎重《しんちょう》になるほどだ。

それから、まだ肝心《かんじん》なセリフの意味を聞いていないことを思い出す。

「話の腰《こし》を折った。それで、その言葉の意味は？」

「すまない。私もそこまでは……ただ、かの国の詩のようなものの一節だったと記憶《きおく》している。調べればわかるかもしれない」

「……詩、か。それに準《なぞら》えて事件を起こしているのやもしれぬな」

「では私の方でも調べておくよ」

「頼《たの》もう」

いつの間にか話し込んでしまっていた。司祭は思い出したように部屋の扉《とびら》を叩《たた》く。

「入りますよ」

入ってみると、ベッドに若い男が横たわっていた。まだ二十歳ごろだろう。意識はなくとも痛みはあるようで、苦しげなうめき声をもらしている。

近づいてみると、顔にも包帯が巻いてあって傷の様子は見えない。包帯は小まめに巻き直されているようで、真新しいものではあるが血が滲《にじ》んでいる。

「司祭、洗礼鎧はどうした？」

「鎧かね？　礼拝堂の方で預かっているが」

「傍《そば》に置いておいてやれ。傷の回復が早くなる」

「――！　わかった。早急《さっきゅう》に持ってこよう」

司祭は慌てて駆け出そうとするが、ラーファエルはそれを止める。

洗礼鎧は三十キログラム近くある。司祭のような老人が無理に抱えれば体を壊してしまうだろう。

「貴様のような老いぼれに任せておけるか。場所は見ればわかるな？」

返事を待たずにラーファエルが部屋を出ると、司祭は深々と頭を下げていた。

「わーい、ハイディちゃんだー！」

ハイディは教会を訪《おとず》れていた。腕《うで》にはひと抱えほどの包みを持っている。

敷地《しきち》に入ると、孤児《こじ》たちが声を上げて駆け寄ってきた。

「おやつ持ってきてくれた？」「お菓子《かし》お菓子ー！」「お菓子ちゃん大好き！」

「……みんなが私のことお菓子と認識《にんしき》してるのは、よくわかりましたよ」

こう言ってはなんだが、ハイディが厄介《やっかい》になっている宿は客が少ない。食事もいつも余るため、残ったデザートなどをこっそりここにわけているのだった。

――店長さんも気付いてるみたいなんですけどね……。

気付いているから、わざと多めに作らせてくれているのだろう。

「はいはーい。順番に並んでください。みんな、ちゃんと司祭さまの言うこと聞いてますか？　悪い子にはあげませんからねー」

そう言うと、子供たちは一列に並ぶ。さすがは司祭の子供たちである。おやつに釣《つ》られたとはいえちゃんと良い子に育っている。

ひとつずつ順番に配っていき、最後のひとりになったときだった。

「……あれ？」

最後のひとりにオー・ハッギをあげようとしたら、包みは空になっていた。ちゃんと人数分持ってきたはずなのだが。

　気にしないようにはしているのだが、ハイディには不運体質のような一面がある。親や長老から何度も言われたが、頑《かたく》なに〝ただの偶然《ぐうぜん》〟と思うようにしてきたのだ。

　まさかこんなところでそれが出てしまったのだろうか。

「あたしの分、ないの……？」

　ハイディの困惑《こんわく》から、自分の分がないことに気付いてしまったのだろう。残された子供が涙《なみだ》ぐんでしまう。

「いや、ちゃんとありますからねっ？　ええっと、ええっと……」

　包みをひっくり返してもないものはないのだ。

　うろたえていると、周囲の子供たちがびくりと身を震《ふる》わせた。悲鳴を上げないのは、恐怖のあまりそれすらもできないというような、まるで魔術師よりも怖い怪物《かいぶつ》でも見たから、といった顔である。

　その視線がどうにも自分の後ろに向いているようで、ふり返ろうとしたときだった。

「ほう……？　貴様、おもしろいことをしているな」

地の底から響《ひび》くようなその声に、ハイディの心臓は激しいダンスを踊《おど》ったかのようにバクバクと震えた。忘れようものか、昨晩の恐怖《きょうふ》の聖騎士である。

——ひょえっ？　え？　なんでここに？　そりゃ聖騎士だからですよね！

それはそうだろう。聖騎士は教会の戦士なのだ。教会にいるのは当たり前である。そんなことにも気付かず近づいたハイディが間抜《まぬ》けなのである。昨晩、一睡もできなかったこともあって思考が鈍《にぶ》っていたらしい。

——い、いいいいいいまになって、私のこと殺しにきたんですかっ？

ふり返ることもできず、ぷるぷると震えていると、背後の聖騎士は肩越《かたご》しにぬっと腕を伸《の》ばす。

その手には、小さな包みが乗せられていた。

「そこに落ちていたぞ。気をつけろ」

「へあっ？　え、ええっと、その……」

ハイディの返事も待たず、聖騎士は強引《ごういん》に包みを握《にぎ》らせる。そしてのっしのっしと足音は遠ざかっていった。

子供たちがホッと息を漏《も》らしたことで、どうやら聖騎士は去ったのだとわかる。

「お姉ちゃん、大丈夫？」

「あ、うん。だ、だだだ大丈夫ですよ？」

情けないほど震えた声で、子供たちは同情の目を向けてくる。

それから、ふと聖騎士に渡《わた》されたものに気付く。

「それ、なあに？」

「うん？　なんでしょう……」

ハイディの手の平に収まるような小さなもので、中身は柔《やわ》らかいものだ。シルクのハンカチで丁寧《ていねい》に包まれているが、黒ずんだシミが滲んでいる。

──し、死体とか、変なものじゃないよね……？

子供たちの前で開いていいのかという不安はあったが、ハイディは恐る恐る包みを開けてみる。果たしてそこに包まれていたのは……。

「あ、お菓子だ！」

それは紛《まぎ》れもなくハイディがいま配っていたオー・ハッギだった。

──え、なんで？　これ私が作ったやつですよね？　私が落としたの？　いやいやだったらなんでハンカチでくるんであるんですか？

地面に落としたのなら砂などで汚《よご》れていなければおかしいし、そもそもハイディは子供たちに配るまで包みを開けたりしなかったのだ。

となると、可能性はひとつ。

――えっと、つまりこれは私が落としたんじゃなくて、あの聖騎士のものですか？

そう考えるのが自然ではあるが、なぜ彼はこんなものを持ち歩いていたのか。

困惑は増すばかりだったが、目の前にはキラキラと瞳を輝《かがや》かせる子供が待っているのだ。

ハイディは戸惑《とまど》いながらもオー・ハッギを差し出した。

「はい、どうぞ」

「わーい、ありがとうー！」

走っていく子供たちに手を振り返し、ハイディはしばらく呆然《ぼうぜん》と立ち尽《つ》くすのだった。

心臓は未《いま》だに早鐘《はやがね》を打っていたが、その理由は恐怖から困惑に変化していた。

八

洗礼鎧を取りに戻ったラーファエルは、教会の片隅《かたすみ》で菓子をわけている猫獣人《ねこじゅうじん》の少女を見つけた。配っているのは、どうやら朝食に出されたオー・ハッギのようである。

――宿の店員か。

あの少女も何者かに襲われて財産を失ったという話だ。

一連の事件には数えられていないが、時期的に《刀狩《かたなが》り》に巻き込まれていた可能性もある。それに宿で出たデザートのオー・ハッギー――これを作ったのが彼女《かのじょ》だとしたら、リュカオーンとも関わりがあることになる。

それゆえ話を聞きたかったのだが、どうにか怖がらせずに聞けないだろうか。

思わず立ち止まっていると、追いついてきた司祭が言う。

「ああ、あの子か。また来てくれたようだ」

「知り合いか？」

「ええ。優《やさ》しい子で、よく子供たちにお菓子などを持ってきてくれるのです。情けないことに、ここの予算だと甘《あま》いものも贅沢品《ぜいたくひん》になってしまうものだからね」

店主の言によると、彼女は無一文であの宿に転《ころ》がり込んだはずだ。金銭的な余裕《よゆう》などあるはずもない。なのにこんなところで奉仕《ほうし》活動を行っているとは……。

あまりの健気《けなげ》さにラーファエルも目頭が熱くなった。

そんな子供たちの様子を眺《なが》めていたときだった。

『……あれ？　あれ？』

少女はなにやら困惑の声をもらした。包みをひっくり返したりしているところを見ると、どうやら菓子が足りなかったようだ。

ラーファエルは、唐突《とうとつ》な選択《せんたく》を迫《せま》られた。

見たところ、菓子をもらえていないのはひとりだけのようだ。

いま、自分の懐には休憩のおやつにとっておいた菓子がある。まさにいま、少女が配っていたオー・ハッギだ。

しかしながらラーファエルはこの容姿である。

人と話しても無闇矢鱈《むやみやたら》に怯《おび》えられるし、聞き込み調査ともなれば常人の倍は労力を費やす必要がある。そんな孤独《こどく》と気疲《きづか》れに、甘いものはなかなかの癒《い》やしなのだ。つまるところ、それを楽しみに朝からがんばってきたわけである。

だが、目の前にこれを渡せば救える者がいる。

無情な選択肢《せんたくし》に、しかしラーファエルの決断は速かった。

――無辜《むこ》の民を救えずして、なにが聖騎士か！

ラーファエルは抱えていた洗礼鎧を地面に下ろす。

「司祭、少し待っていてもらおう」

「はい？」

司祭を待たせて、ラーファエルは少女に近づいていく。

できるだけ子供たちを怖がらせないよう、大きな足音を立てないように気をつけたのだが、やはり子供たちはラーファエルの顔を見上げて蒼白《そうはく》になる。

まあ、投げつけるわけにもいかないので少しだけ我慢《がまん》してもらうしかない。

そうして少女の後ろまできて、ふと気付く。

――む、詰問《きつもん》以外で人に話しかけるときは、どうすればよいのだ？

そもそも他人が近寄ってこないので、自分から話しかけるという行為自体が何年ぶりかわからないくらいなのだ。

しかし黙《だま》って立っていると周囲の子供たちがそろそろ泣き出しかねない。

焦《あせ》りから口をついて出たのは、こんな言葉だった。

「――ほう……？　貴様、おもしろいことをしているな」

ピリッと、空気が軋《きし》んだ。

違《ちが》うのだ。

感心なことをしているとか、そういったことを言ってやりたかったのだ。なのにラーファエルはそういった言葉を思《おも》い浮《う》かべることができなかったのだ。

やはりと言うべきか、少女は黒い毛並みを逆立たせて硬直《こうちょく》してしまう。

これ以上はなにを言っても状況《じょうきょう》を悪化させるようにしか思えない。ラーファエルは問答無用でオー・ハッギの包みを押《お》しつける。

「そこに落ちていたぞ。気をつけろ」

冷静に考えれば〝落ちていたもの〟と言ってしまったら子供にあげたりしないとは思うが、ラーファエルのコミュニケーション能力ではこれが限界だった。

そうして慌てて引き返すと、司祭が苦笑していた。

「キミは、やはり見かけによらず優しいのだね」

「……見えていたのか」

「目が悪いと言っても、この距離《きょり》で顔がわからないほどではないよ」

ラーファエルが渋面《じゅうめん》を作ると、司祭は微笑む。

「鎧を置いてきたら、お茶でもどうかね。実は美味しい紅茶を隠《かく》し持っているのだ」

「……遠慮《えんりょ》しておく。そういった用件は、任務に含《ふく》まれていないものでな」

司祭は全《すべ》てわかっているというように頷《うなず》く。

「キミの任務が、無事に終わることを祈《いの》っているよ」

ラーファエルは肩《かた》を竦《すく》めて返す。

——我《わ》が命に代えても、ここにいる者たちは守らねばならんな。

《刀狩り》討伐《とうばつ》に使命感を燃やして。

その《刀狩り》の正体を知る由もなく。

九

夕方。ハイディは買い出しのため町を歩いていた。

あの聖騎士はというと、教会のあとは町の中で聞き込みをしていたようで、あちこちから噂《うわさ》を聞くことができた。

みな恐ろしい聖騎士が来たと戦々恐々《せんせんきょうきょう》としているのが、ハイディには不思議だった。

――私みたいに後ろ暗いことがあるわけじゃないのに、なんでみんなそんなに怖がるんでしょう？

顔はまあ確かに怖いが、会話もできないような暴漢というわけではない。それに教会はむしろ魔術師《まじゅつし》から民衆を守ってくれる組織ではないのだろうか？

あるいは逆で、魔術師の町で聖騎士と関わると、魔術師から目を付けられかねないということだろうか。

なんにせよ、彼は悪人というわけではなさそうだ。

少なくとも、子供たちのためにお菓子をわけてくれるような優しさはある。なのに殺人《さつじん》鬼《き》でも来たかのように囁《ささや》かれるのは、あんまりではないだろうか。

正体がバレれば問答無用で斬《き》られても文句は言えない立場のハイディではあるが、町の者たちの態度には少々納得がいかなかった。

そんなことを考えながら店を回るうちに、店主から言いつけられた品物は揃《そろ》っていた。

そうして店に戻ろうと、足の向きを変えたときだった。

「あ……」

「む……?」

ばったりと、その聖騎士と出くわしていた。

ドッドッドッと、凄まじい音を立てて心臓が震える。条件反射で額からは汗《あせ》まで伝い落ちてきた。

——いや、こんな反応したら私も他の人と同じじゃない！

そうは思うのだがこちとら追われる者で、向こうは追う者である。思いっきり敵対してしまっているのに、とっさに笑顔《えがお》を作るというのは難しい話だった。

そんな反応に、聖騎士は慣れた様子でスッと道を空ける。

「ふん。邪魔《じゃま》をしたな」

それがあまりに自然な動作だったことで、きっと彼《かれ》はこの町に来る前もずっとこんな顔をされてきたのだとわかってしまった。

聖騎士にはまだやることがあるのだろう。ふり返りもせずに去ろうとするが、その背中にハイディは思わず手を伸ばしていた。

「――あの、待ってください！」

自分でも、どうしてそんなことを言ったのかはわからない。それでも、気付いたときには鎧の端《はし》っこを摑《つか》んで呼び止めてしまっていた。

不思議そうな顔をする聖騎士に、ハイディは言う。

「えっと、そのですね……」

呼び止めたはいいが、敵と話すことなどない。むしろ話せば話した分だけ、自分の正体がバレる危険が高まるのだ。このまま去ってもらうのが一番のはずなのに……。

それから、ハッとしてハイディは懐《ふところ》からハンカチを取り出す。昼間、オー・ハッギを渡してくれたときの包みである。

「あの、これ、ありがとうございました。おかげさまで、あの子をがっかりさせずに済みました」

この言葉は意外だったようで、聖騎士はにわかに目を丸くする。それから、なにやら困ったような声でこう言うのだった。

「うむ……。その、なんだ……。子供たちは、気味悪がったりは、しなかったか？」

今度はハイディの方が目を丸くさせられた。

「だ、大丈夫《だいじょうぶ》でしたよ？　みんな、すごく喜んでくれました。ひとりだけ食べられないと他の子たちも気にしちゃいますから、本当に助かって……」

「そうか。ならばよい。我が貴重な娯楽《ごらく》を犠牲《ぎせい》にした甲斐《かい》があるというものだ」

「はい。ありがとうござい……え？」

ちょっと理解できないというか、この聖騎士が発したとは思えぬ言葉が聞こえたような気がして、ハイディは情報を整理する必要があった。

「……ええっと、甘いもの、お好きなんですか？」

「いかんか？」

「い、いえ！　そんなことはないんですけど、ちょっと意外で……」

すでに失礼なもの言いになってしまったような気はしたが、困惑するハイディにそれを気に懸ける余裕はなかった。

聖騎士はしみじみと語る。

「ふん。こんななりをしていても、人恋《ひとこい》しくなることはあるのだ。そんなときの慰《なぐさ》めに、甘味《かんみ》というものは選ばなくもない選択肢ではある」

なんだかすごく難しいもの言いをしているが、要するに『ちょっと寂《さび》しくなったときに甘い物って癒《いや》される』ということらしい。

そう考えて気付く。

――あれ？　じゃあもしかしてこの人、結構大事なものを譲《ゆず》ってくれたんじゃ……。

なのに、自分も子供たちも怖《こわ》がってお礼すら言わなかったのだ。気付いてしまったら途《と》方《ほう》もない罪悪感がこみ上げてきた。

だが待て。ハイディは《刀狩り》で、聖騎士も今日一日でなにかしら手がかりを得ているはずだ。となると、これは自分を油断させるための演技である可能性もあるのではないだろうか？

逃《に》げ道《みち》を探すように疑念を募《つの》らせていると、聖騎士が怪訝《けげん》そうに言う。

「どうかしたか？」

「あ、いえ……。その……こんなことを言ったら失礼かもしれませんが、あなたはこの町の人たちから、あまり好意的に見てもらってないような気がするんです。なのに、どうしてなんの得にもならないようなことをしてくれたのかなって……」

その問いに、聖騎士はどうでもよさそうに肩を竦めるのだった。

「自分は貴様ら市民を守るために賃金と地位を与えられている。好かれぬからと言って守らぬのでは道理に合わぬであろう。それが菓子ひとつ足りないという、取るに足らんことでもだ」

微塵《みじん》も揺《ゆ》るぎのない答え。

彼は相手が子供でなくともきっと手を差し伸べるのだろう。差し伸べた手を握り返してもらうどころか、逃げられることまで理解していて、それでもそうするのだ。

ハイディは己《おのれ》を恥《は》じた。

——この人、本当に善い人だったんですね……っ！

にも拘《かか》わらず、自分はあらぬ疑いの目を向けていたのだ。すでに人の道を外れた身ではあるが、この人の心を守ってあげたいと思ってしまった。

こみ上げてきた涙を堪《こら》えるように、ハイディは思いきって提案する。

「あ、あの、今夜もうちで宿を取られるんですか？」

「……？　うむ。そのつもりだが」

「じゃあ、もしよろしければ、朝のオー・ハッギ、もう一度お出ししま——」

「——よいのか！」

言い終わる前に力強い反応をされ、思わず身を仰《の》け反《ぞ》らせた。

――ほ、本当に、甘いもの、好きだったんですね……。

そんな彼が、あのときどれほどの決意を以《もっ》てオー・ハッギを差し出したのだろう。苦悩《くのう》する彼の姿を想像してみたら、なんだかおかしくて笑《え》みがこぼれてしまった。

それから、まだハンカチを手渡《てわた》していないことを思い出して、もう一度差し出す。

「それで、あの、これ……」

「ああ、すまんな」

ハンカチを受け取って、聖騎士はふと驚《おどろ》いたように目を丸くする。

今度はハイディが同じ言葉を返すことになる。

「えっと、どうかしました？」

「いや……む？　これは、もしや洗ったのか？」

「あ、はい」

オー・ハッギは、あんこというクリームのようなもので包んだものだ。大陸では似たような食材は見たことがない。当然汚れてしまったため、昼のうちにハイディが洗っておいたのだ。

――落とすの大変でしたけど……。

しかし汚れたまま返すわけにもいかないし、なんだか綺麗にしてあげたかったのだ。

頷き返して、ハイディは硬直することになった。

「そうか。感謝する。人からこういったことをしてもらったのは、ずいぶん久しぶりだ」

聖騎士は、穏《おだ》やかに微笑《ほほえ》んだのだ。

――この人、こんなふうに笑うんだ……。

思わず呆気《あっけ》に取られていると、聖騎士は背中を向けてしまう。

「ではな」

そのまま去って行く聖騎士の背中を、ハイディはぼんやり見送ることしかできなかった。

立ち尽くす少女の心臓は相変わらずバクバクと凄《すご》い音を立てている。ただ、それが恐怖なのか、困惑なのか、それとも別のなにかなのか……。

もう、自分ではわからなくなっていた。

十

晩。猫獣人の店員は本当にオー・ハッギを出してくれた。他のテーブルを見てもこれは並んでいなくて、どうやらわざわざ作ってくれたらしいとわかる。

（他のお客さんには内緒《ないしょ》ですよ？）

　少女が視線を向けた先では、みな一様に死んだ魚のような目で材料もよくわからない物体を口に詰《つ》め込《こ》んでいる。ラーファエルも同じものを食さねばならぬわけだが、食後に甘味という救いがあるかないかでは、雲泥《うんでい》の差である。

　オー・ハッギは甘かった。

　ひと口かじると中に入ったペースト状の物体が伸びて不思議な食感に戸惑い、それを千切ろうと奮闘《ふんとう》するうちに濃厚《のうこう》な甘さが舌の上に広がる。

　そこでようやく噛《か》み千切れたペーストが甘味を拭《ぬぐ》うように暴れ、気がつけば心地《ここち》よい甘さがペーストを飲《の》み込むまで続くのだ。不可思議な食感と緩急《かんきゅう》の効いた甘味が、戦場のような緊張《きんちょう》と高揚《こうよう》感を与えてくれる。

　店主がまた苦いコーヒーを出してくれたが、オー・ハッギの甘味にただれた口内にはほどよい刺激《しげき》だと言えた。おかげで角砂糖もふたつだけで済んだほどだ。

「お気《き》に召《め》したようでよかったです」

　皿を下げにきた店員の少女は、そんなラーファエルに微笑ましそうな眼差《まなざ》しを向けてくる。一日経《た》って慣れたのかもしれないが、なかなか肝《きも》の据《す》わった少女である。

——これなら、話を聞くくらいはできるだろうか？

この少女はひと月前、何者かに襲《おそ》われてここに逃げ延《の》びたという話である。時期的に見て、それも《刀狩り》の犯行だった可能性は低くない。

とはいえ、この町で起きている事件は《刀狩り》事件だけではない。盗《ぬす》みやケンカなどは毎日何件も起きている。無関係の可能性の方が高いだろうが。

それでも、なにか手がかりを持っているかもしれない。

ラーファエルは慎重に口を開く。

「娘《むすめ》、少し、聞きたいことがある」

そう言うと、少女はビクリと身を震わせてしまう。

「き、聞きたいこと、と言いますと？」

「貴様はこの町に来るとき、何者かに襲われたのだろう？　そのときのことを聞きたい」

そう言うと、なぜか少女はホッとしたように胸をなで下ろす。

「あ、なんだ。そっちですか」

「そっちとは？」

「ひえっ、い、いえその……！」

慌《あわ》てて首を横に振《ふ》ると、少女は周囲の様子をうかがうように声を落とす。

（あの、ここではちょっと……。あとで、お部屋にお伺《うかが》いする形でもいいでしょうか？）

「わかった」

夜のうちに調べたいところがあったのだが、ラーファエルは頷いた。少女にも片付けなど宿の仕事があるのだろう。

ラーファエル自身も事件のことを整理したかったため、時間ができるのはありがたい。

――今日一日で得られた情報はかなりの量だったからな。

まだ推測の段階ではあるが、事件の解決自体はそう難しいものではないかもしれない。あとは矛盾《むじゅん》なく物事を組み立てられるかだろう。


部屋に戻《もど》って数刻ほど待つと、ようやく少女はやってきた。

「お待たせしてすみません」

そう言う少女の表情は、まるで罪の告白にでも来たかのように思い詰めたものだった。すぐに質問を始めたいところではあったが、少し少女が落ち着くのを待った方がよさそうである。

部屋には小さな椅子《いす》がふたつある。キュッと唇《くちびる》を結ぶ少女に、ラーファエルはそのうちのひとつを差し出す。

椅子に腰掛《こしか》け、小さく深呼吸をすると、少女はようやく口を開いた。

「あの、実は見てほしいものがあるんです」

そう言って差し出されたものを見て、ラーファエルは息を呑《の》んだ。

見紛《みまが》おうはずもない。それは《刀狩り》が持っていた小太刀《こだち》だった。

「〈天無月《あまのむつき》〉と言って、私の故郷に伝わる小太刀です。……本来、ふた振りあるんですが」

ここにはひと振りしかない。

――つまり、もうひとつの片割れを持っているのが犯人か……。

今日一日聞き込みをした限りでは、被害者《ひがいしゃ》は刃物《はもの》を持っていたということ以外、共通するものは見つけられなかった。《怨嗟《えんさ》》のような名のある魔術師というわけでもなく、大半はこの町の住人ですらない流れ者だった。

「もうひと振りは、ある魔術師に盗まれてしまいました。私はどうしてもそれを取り返さなければいけなくて、犯人を捜《さが》していたんです」

悲壮《ひそう》なその表情から察するに、形見のようなものだろうか。

「でも、私のそんな行動は、犯人に気付かれていたようで……」

うつむいて、少女は続ける。

「あのとき、私はある商隊《キャラバン》の馬車に乗せてもらっていました。半分乗合馬車みたいになってて、みんな親切でよくしてもらえました。なのに……」

キュッと唇を噛みしめて、少女は言う。

「私、これでも剣《けん》の手《て》解《ほど》きは受けているんです。犯人だって捕《つか》まえられると思ってました。なのに、実際にそいつが襲ってきたとき、なにもできませんでした」

無理もない。

聖騎士とて、訓練で完璧《かんぺき》な成績を誇《ほこ》っていた候補生が、実際に魔術師と戦ったら成果を上げるどころか初手でくびり殺されるようなことだって珍《めずら》しくない。

この少女がどれほど鍛《きた》えてきたかは知らないが、初めての実戦で魔術師を倒《たお》せるなら聖騎士など必要ない。むしろ生き延びられただけ幸運である。

「魔術師に襲われて、みんな殺されてしまいました。犯人はもうひとつの〈天無月《あまのむつき》〉を持っていて、私が戦わないといけなかったのに、怖くて、動けなくて……。他の人に逃がしてもらったおかげで、私は無事でした。私だけ、生き残っちゃったんです」

なるほど、とラーファエルは頷く。

――話が繋《つな》がってきたな。

教会を訪れたあとも、ラーファエルは地道に調査を続けていた。ひと月前に少女が襲われたという事件についてもだ。

事件があったのは事実らしい。破壊《はかい》された馬車も、こそ泥《どろ》に盗まれたのか荒《あ》らされた積み荷も、そして大量の血痕《けっこん》もあった。ただ、死体は見つからなかったため《刀狩り》の事件に数えられていなかったのだ。

――そのときに盗まれたのだとしたら、辻褄《つじつま》は合うな。

前掛《まえか》けをキュッと握って、少女はなにかを決心したように顔を上げる。同時に、ラーファエルも懐に手を入れる。

「だから私――」

「――では、これも」

間の悪いことに、同じ瞬間《しゅんかん》にラーファエルも口を開いてしまった。

「む？　すまん。なんだと？」

「あ、いえ、どうぞお先に……」

なんだか気まずい空気になってしまうが、少女も出鼻をくじかれて言い出しにくくなったようだ。先にラーファエルの方から口を開く。

「では、これなんだが。これに見覚えはないか？」

そう言って、ラーファエルが取り出したのは《刀狩り》の面だった。

それを見せると、少女は「あ！」と声を上げる。


「それ、私の——あ」


慌てて口を押さえるがもう遅《おそ》い。

「……なるほどな」

ラーファエルは小さくため息をもらした。

少女は目に見えて視線を泳がせ、額から汗を伝わせる。

「あの、違うんです。私、ちゃんと自分から話そうと……」

なにやらごにょごにょとつぶやく少女に、ラーファエルはぽいっと獣《けもの》の面を放って返す。

「《刀狩り》という悪漢が持っていた。恐《おそ》らく商隊《キャラバン》の荷物といっしょに盗まれたのだろうな。大切なものなら、もう奪《うば》われぬように抱《かか》えているがいい」

そう言って聞かせると、少女はなにやら困惑顔《こんわくがお》になっていく。

「え？　えっと……あれ？」

理解が追いつかないような様子の少女に、ラーファエルは続ける。

「その仮面と小太刀。貴様はリュカオーンの人間だな？」

「へ？　あ、はい」

「ではひとつ、聞いておきたいことがある」

ラーファエルが真面目《まじめ》な声音《こわね》でそう言うと、少女も姿勢を正して頷く。表情は、まだ困惑が抜《ぬ》けきっていない様子ではあったが。

じっと少女を見つめ、ラーファエルは問いかけた。

「──月が綺麗《きれい》ですね──とは、どういった意味の言葉だ？」


「へうぅっ？」

少女は悲鳴のようなよくわからない声を上げた。

それから、見る見る顔を赤くする。

「い、いやその、それはですね……！」

この反応を見るに、意味はわかっているらしい。まあリュカオーンの人間だし当然と言えば当然だろう。

あわあわとうろたえながら、少女はなんとか声を絞《しぼ》り出す。

「そのぅ……。意味は、まあ、知ってると言えば知ってるんですけど……」

「ふむ……。口に出すのも憚《はばか》られるような意味の言葉なのか？」

口汚《くちぎたな》い罵倒《ばとう》などのスラングだとしたら、年ごろの娘に言わせるのは酷《こく》というものだ。

ラーファエルが納得《なっとく》していると、少女はさらに慌てた様子で首を横に振る。

「ち、違います！　悪口なんかじゃないですから！」

「ではどういう意味なのだ？」

「ひうぅ……っ、その、それは……」

少女は再び真っ赤になって悶絶《もんぜつ》してしまう。

ふむ、とラーファエルは腕《うで》を組む。

こちらの意味は本当にわからなかったが、別になにかの警告や悪意のあるメッセージというわけではなさそうだ。

――まあ、司祭が突き止《つと》めてくれることを祈るか。

視力の悪い彼に読書を強《し》いるのは気が引けるが、明日の朝また聞きに行ってみよう。

……その前に、事件そのものが終わってしまう可能性の方が高くはあるのだが。

ラーファエルは立ちあがる。

「手間を取らせたな。情報に感謝する。おかげで色々確信を持てた」

「へ？　あ……そ、そうですか？」

まるで綺麗になにもかも勘違《かんちが》いしてしまった人を見るかのような目で見られた気はするが、ラーファエルは気付かなかった。

そのまま部屋を出ようとすると、少女は戸惑いの声を上げる。

「え、あの、どちらへ？」

「これでも聖騎士なのでな。聖騎士は悪事を働いた魔術師を討伐するのが職務だ」

とはいえ、魔術師相手にひとりで戦うものではない。

——それでも、時間をかけるわけにはゆかぬからな……。

犯人を野放しにしていればそれだけ被害者が増える。

剣帯を腰《こし》に巻き、ラーファエルが部屋を出ていくと、ひとり残された少女ががっくりと膝《ひざ》をついていた。

（どうしよう……。言えなかった……）

なんとも悲壮なその声は、誰《だれ》の耳にも届くことはなかった。

十一

ハイディは夜の町に降りていた。

顔には獣の面。手には〈天無月《あまのむつき》〉。黒装束に身を包み、昨晩と同じ《刀狩り》の姿だ。

――私は〝あいつ〟を斬らなきゃいけないんです。

そいつを逃がしてしまったら、これまでハイディが斬ってきた者たちまでもが犬死になってしまう。それだけは、許せない。

だからあの優しい聖騎士と戦うことになるとしても、ハイディは剣を取るしかないのだ。

――勝てるかな……。

あの聖騎士はとても強かった。

不意打ちのようなあの夜にも斬れなかったのに、十全に身構えてしまっているいま、勝ち目などあるのだろうか。

――勝って、くれるかな……。

きっと、間違《まちが》っているのは自分の方なのだろう。

それでも、もう止まれないから。

自分の答えはもう出てしまっているのだから。

決着は、彼の手に委《ゆだ》ねたい。

満月から少し欠けた月の下。静かに待っていると、やがてその聖騎士は姿を現した。

「む……？」

月明かりに照らされたその顔は初めて見たときと同じで怖いものだったが、どういうわけか恐ろしくはなかった。

先ほど返してもらった獣の面。これを見せたら、さすがに気付かないなんてことはないだろう。

彼は怒《おこ》るだろうか。それとも落胆《らくたん》するだろうか。

そうなる前に、自分から打ち明けようと彼の部屋に行った。なのに、間が悪いというか察しが悪いというか、気付いてもらえなかった。

そのときのことを思い出すと、なんだかおかしくて笑ってしまう。

聖騎士はハイディに気付くと少しだけ驚いたように目を丸くし、それから――

あたかも見てはいけないものを見たかのように視線を逸《そ》らし、歩いていってしまった。

「――ちょっと待ってください！　なんで無視して行っちゃうんですかっ？」

悲壮なまでの決意を一蹴《いっしゅう》され、ハイディは堪《たま》らず声を上げて縋《すが》り付いた。

「ええい、離《はな》さぬか！　貴様に用はない」

「用がないって、あなた《刀狩り》の討伐に来たんじゃないんですかっ？」

「自分は《刀狩り》という魔術師を討伐に来たのだ。非魔術師とは聞いていない」

その言葉で、ハイディはようやく聖騎士が鈍感《どんかん》というわけではないのだと気付いた。

「……えっと、もしかして、私のこと、気付いてます？」

「知らんな」

知っているがゆえの即答《そくとう》である。

ハイディはへなへなとへたり込んだ。

——え？　なんで？　この人、私のこと気付いてたのに無視してたんですか？

先ほど本当のことを打ち明けようとしたら、まったくわかってくれなかったのに。そもそも自分を討伐しにきた聖騎士が、いったいなぜ？

困惑《こんわく》から立ち直れないでいると、聖騎士はまたスタスタと歩いていこうとする。

「ではな」

「——だから待ってくださいってば！」

マントを摑むがずるずると引きずられてしまう。哀《かな》しいかなハイディと聖騎士では体格に差があり過ぎた。

「ううっ、だ、だったらこれでどうですか！　ホラ——むぎゃっ？」

自分でもなにをこんなにムキになっているのかとは思うが、思い切って仮面を外してみせようとすると、聖騎士は思いっきりその仮面を押さえてきた。

鼻の頭を強打される形になって、ハイディは涙《なみだ》ぐむ。

「い、痛い……。なにするんですかぁ」

仮面越《ご》しに鼻を擦《こす》っていると——なんの効果もないが——ようやく見かねたように聖騎士がふり返った。

「補導されたいのか貴様は。少し黙っていろ」

「……はい」

月明かりしかないこの夜にこの顔で凄まれるというのは、少し慣れたつもりのハイディでも荷が重かった。

しかし、同時に彼は全て理解しているのだとわかった。理解しているから、わからない振《ふ》りをしてくれていたのだ。聖騎士なのに、そんなことをして大丈夫なのだろうか。

——いや、そもそもこの人はどこに行こうとしてるんでしょうか？

ハイディは怖《お》ず怖ずと問いかける。

「あの、じゃあ、あなたはこんな夜中になにをしているんですか？」

「……」

聖騎士は答える代わりに顎《あご》をしゃくってみせる。どうやらついて来いということらしい。

困惑しながらも、ハイディは促《うなが》されるまま聖騎士について歩く。

そうやって歩き始めると、聖騎士は誰に語るともなく口を開いた。

「ふむ。こんな夜には独り言をつぶやきたくなるものだな」

「はあ……」

「よもや、こんな独り言を偶然《ぐうぜん》耳にする者などおるまい。返事が聞こえるなどあり得ぬことだな」

要するに黙って聞けということらしい。

「人が死んでいるのだ。聖騎士は犯人を捕《と》らえねばならん。それが魔術師《まじゅつし》だろうと、魔術師でなかろうとだ。……だが、ここで言う犯人とはいったい誰だ？」

ハイディには、聖騎士がなにを言わんとしているのかわからなかった。

誰もなにも、《刀狩り《かたなが》》はハイディである。そんなことは彼もわかっていることではないのか？

歩きながら、聖騎士はふところから一本の棒切れを取り出す。長さは広げた手の平より少し長いくらいだ。

「これは五つの事件現場に残されていたものだ。《刀狩り》はこれを破壊するのが目的と見てとれるが、どういうわけか被害者に共通点は見つけられなかった。となると、手がかりはこれがなんなのかということになる」

「…………」

聖騎士は気付いているのだろう。

それが〈天無月《あまのむつき》〉の柄《つか》と同じ形をしているということに。

「――〈天無月《あまのむつき》〉――の、偽物」

黙《だま》っていろと言われたが、ハイディはその名前を口にする。

これは、奪われた片割れではない。片割れそのものではないが、似せて作られた〝なにか〟だ。

ハイディが持つ〈天無月《あまのむつき》〉はあれに近づくと共振《きょうしん》する性質があるようで、それを手がかりにこのひと月《刀狩り》をやってきたのだ。

聖騎士は確かめるように言う。

「これは魔術道具だ。魔術師連中を問い詰めてみたら、どうやらなにかを操《あやつ》る術式が組み込まれていたらしい」

そこで聖騎士はわざとらしく首を傾《かし》げる。

「……ふむ。ならば《刀狩り》はこれに操られた人間を斬っていたのか」

ハイディは唇を噛んでうつむいた。

そう、それがハイディの罪である。

——あの人たちはなにも悪くない。でも、私には魔術師に操られた人を助けることなんてできなかった。

剣だけ壊《こわ》しても、結局彼らは死んでしまったのだ。そして、そうなるとわかっていても、ハイディはあの剣とその持ち主を斬らなければならない。

なのだが、次に聖騎士が口にした言葉は予期せぬものだった。

「いや、それは違《ちが》うだろう」

「……え？」

聖騎士は淡々《たんたん》と続ける。

「生きた人間を操るというのは、魔術の中でもかなり高度な部類のものだ。人間には自我《じが》があるからな。通り名持ちと言えど容易なことではない。となると、操っていたのはなんなのか」

その答えはおぞましいもののように感じられたが、聖騎士は続きを語らなかった。

いずれにしろ、彼はただ優《やさ》しいだけの暗愚《あんぐ》ではなく、冷静に事件を調べて答えを見つけ出しているのだ。それも、ハイディが知らない答えを。

「さて、その答えはここにあるらしい」

不意に、聖騎士は足を止める。

そこは教会の外れにある墓地だった。

十二

『私は、その仮面を付けた少女に、助けられたんです。ラーファエル殿《どの》、どうか彼女《かのじょ》を助けてあげてください』

教会で少女にオー・ハッギを渡《わた》したあと、聖騎士イノ・ヴァリヤッカは意識を取り戻していた。そこで獣の面を見せるとそう訴《うった》えてきた。

イノは元々別件で魔術師を追っていたらしい。討伐《とうばつ》隊を編成するための調査である。そして、その先で魔術師に気付かれ、返り討《う》ちに遭《あ》った。

それが三日前――《刀狩り》の最後の事件である。

イノの言葉は、ラーファエルにとって意外なものではなかった。

――あのときも、《刀狩り》は何者かと戦っていたからな。

ラーファエルが初めて遭遇《そうぐう》した夜も、《刀狩り》はなにかと戦っていた。聖騎士として見ぬ振りはできぬため割って入り、そのまま《刀狩り》と交戦することになった。

最初に戦っていた相手には、逃げられてしまったのだ。

だから、六度目の《刀狩り》の事件は起きなかった。

そして、そのイノが追っていた魔術師の名は――


「――《怨嗟》アンドラス――《刀狩り》に最初に殺された魔術師の名だな」


夜の墓地で、ラーファエルはその名前を口にする。

《刀狩り》が仮面の下で息を呑んだのがわかる。

――やはり、そういうことか。

悪夢をふり返るように、《刀狩り》は言う。

「私たちの馬車を襲った魔術師は――いいえ、〈天無月《あまのむつき》〉を盗んだ魔術師は、そう名乗りました」

だから《刀狩り》は真っ先に《怨嗟》を斬《き》ったのだろう。

初めて襲われたときに怖くて動けなかったから、今度こそ自分がやらねばならないと思ったのだろう。

「だが、《怨嗟》を斬っても事件は終わらなかった」

そう確かめると、《刀狩り》は静かに頷《うなず》いた。

ラーファエルは背中の大剣を鞘《さや》ごと手に取ると、少しだけ抜いて刀身を見せる。続けて、そのまま勢いよく鞘に収めた。

パシンッと鋭《するど》い音が響《ひび》き、夜の墓地に青白い光の膜《まく》が広がった。

「な、なんですか、これ……？」

《刀狩り》が困惑の声をもらす。

「我らの剣には精霊《せいれい》の加護とやらが付与《ふよ》されている。それは魔術師どもの力とは相反するものらしくてな。こうしてぶつけてやるとなにかしらの反応を示すものなのだ」

本物の聖剣ともなれば、魔術師の結界ごと粉砕《ふんさい》することもできると聞く。

あいにくと、平の聖騎士の剣ではこんなふうに反応させる程度、それも昼間では見えないような幽《かす》かな光を発現させるので精一杯《せいいっぱい》なのだが。

「ふむ。ここだな」

そんな光は、ある一点から広がっていた。

中心にあるのは、人間ひとりがすっぽり収まるほどの大きさの魔法陣《まほうじん》である。

「これは、魔術かなにかですか……？」

リュカオーンの人間となると、一般人《いっぱんじん》よりもさらに魔術には疎《うと》くなるだろう。

「儀式《ぎしき》の跡《あと》……というより、扉《とびら》かなにかだろうな」

ラーファエルは鞘から大剣を抜くと、その中央に突き立てる。

パンッと軽い音を立てて、魔法陣が割れた。

そして、その下から古びた木製の扉が現れる。どうやら地下へ通じているらしい。

《刀狩り》が信じられないと言うようにつぶやく。

「こんなものが……。でも、どうやってこんなものを突き止めたんですか？　魔術師が秘密にしてるなら、教会だってそう簡単には……」

「《怨嗟》はこの町の顔役だったが、どうやら人望はなかったらしい」

人を攫《さら》っては拷問《ごうもん》にかけ、その怨嗟を魔力《まりょく》に変えるという、ろくでもない魔術の使い手だったらしい。目を付けられれば死ぬまで拷問にかけられるし、関《かか》われば仲間と見做《みな》されかねない。

ただ、顔役にまでなるだけの力はあるらしく、誰も逆らえなかったのだ。

「町でわかりやすくやつのことを嗅《か》ぎ回っていたら、魔術師どもがそれとなく密告してくれたぞ」

「密告って、魔術師と聖騎士って敵対してるんじゃなかったんですか？」

「敵対しているから、気に入らぬ者を陥《おとしい》れるために利用もするさ」

教会側で知りうる情報というものは、やはり教会で全《すべ》て手に入ってしまうものだ。今回のように支援《しえん》も望めぬ単独行動でそれ以上の情報を求めるなら、そんな魔術師同士の内輪もめでも利用しなければ仕方がない。教会と魔術師は敵対しているがゆえに、お互《たが》いを利用してもいる。

まあ、この顔でそんな聞き込みの仕方をしていたのだから、普段《ふだん》以上に町の住民から怯《おび》えられたようだ。それで事件が解決するなら安い出費である。

そうして扉を開けると、地下へと通じる階段が延びていた。

ずいぶんと古いもののようで、石造りのそれは苔《こけ》むしており、気を付けて歩かねば足を取られてしまいそうだ。小さなヒビがいくつも走っていて、その隙間《すきま》からは雑草まで生えだしている。

ラーファエルはようやく《刀狩り》の顔を見る。

「さて、どうする？」

「……行きます」

ラーファエルと《刀狩り》は奈落《ならく》の底に通じるかのようなその階段を、ゆっくりと降りていった。

階段はそう長いものではなかった。

十数段ほど降りると、そこは広い空間になっているようだった。外から差し込む月明かりでは足下《あしもと》くらいしか見えない。湿《しめ》った空気の中になにかが腐《くさ》った嫌《いや》なにおいが充満《じゅうまん》していて、思わず顔をしかめる。

ラーファエルがランタンをかざして部屋を照らすと、《刀狩り》がつぶやく。

「これは、納骨堂……？」

「そのようだな」

壁《かべ》は全て棚《たな》になっており、そこにはところ狭《せま》しと白い骨が詰め込まれている。髑髏《どくろ》の数を見た限りでは、この部屋だけでも百人分以上はあるだろう。

ただ、その骨は例外なく破損していた。自然になったものもあるかもしれないが、恐らくは生前に刻まれたものだろう。

「……どうやら、当たりのようだな」

ランタンをかざすと、さらに奥《おく》へと続く通路が見えた。

一度視線を送ると、《刀狩り》も小さく頷く。

ラーファエルが前に出て、慎重《しんちょう》に足を進める。

足下にも骨の残骸《ざんがい》が転がっていて、足音を忍《しの》ばせようとしてもパキリと音を立ててしまう。いったいなんに使ったのか、それらに紛《まぎ》れて、錆《さ》びたやっとこやノコギリ、釘《くぎ》など納骨堂に似つかわしくない工具が転がっている。

そうして部屋の奥へと進むと、そこはさらに広い空間になっていた。

「……っ」

ラーファエルは片手を挙げて、《刀狩り》に止まるよう合図する。

「……もう、見ちゃいましたよ」

そこには、無数のガラスの筒《つつ》が並んでいた。

ひとつひとつがラーファエルの背丈《せたけ》よりも高い。中に満たされているのは霊薬《エリクシル》の手合いだろうか。青白い液体の中にはぼんやりと大きな影《かげ》が浮《う》かんでいる。

目を凝《こ》らしてみると、それは人間だった。種族はヒトが大半のようだが、中には夢魔《むま》のような角を持つ者、硬質《こうしつ》な鱗《うろこ》を持った蜥蜴《とかげ》人、果てはエルフらしき耳の長い者までいた。

そして、そのどれもが苦痛の表情のまま固まっていた。

死体だ。

哀《あわ》れな死体たちを見て、《刀狩り》が小さな悲鳴を上げる。

「商隊《キャラバン》のみんな……！」

で答える。

「……知っている顔か？」

周囲を警戒《けいかい》しつつラーファエルが問いかけると、《刀狩り》は吐《は》き気《け》を堪《こら》えるような声

「全部じゃないですけど、この町まで乗せてくれた商隊《キャラバン》の人たちです」

「……なるほどな」

少女が乗せてもらっていた商隊の遺体は見つかっていない。それはここに運び込まれていたらしい。

ラーファエルも胸の前で静かに十字を切る。簡易的なものではあるが、死者の冥福《めいふく》を祈《いの》る儀式だ。

スラリと大剣を抜く。

ガラスの筒には太い管が繋がれている。死体を維持《いじ》するためのものか、それともなにかしらの魔術装置なのかはわからないが、これを断《た》ち切れば装置も止まるだろう。

そうして大剣を振り上げたときだった。

『おっと、それを壊されては困るな』

背後からの声にふり返ると、いつの間にか納骨堂の中央に人影《ひとかげ》があった。

そして、地上へと通じる扉が独りでに閉じる。

ラーファエルは素早《すばや》く《刀狩り》の前に出てランタンを照らす。

そこに立っていたのは、なんでもない普通《ふつう》の青年だった。

服装は町でよく見かける麻《あさ》のシャツにズボン。魔術の護符《ごふ》や装飾品《そうしょくひん》は見当たらず、顔立ちにも特徴《とくちょう》はない。きっと町中ですれ違っても認識《にんしき》するのは難しいだろう。そんな平凡《へいぼん》を絵に描《か》いたような青年だ。

そんな記憶《きおく》に残りにくい外見ゆえに、ラーファエルはそれが昨晩《刀狩り》に襲《おそ》われていた若者だろうと確信できた。

「あなた、商隊《キャラバン》で私を逃《に》がしてくれた……？」

その反応から、少女が相手の顔を見て襲っていたのではないとわかった。少女にしかわからない、なにかしら追跡《ついせき》の方法があるのだろう。

『ああ、お嬢《じょう》さん。故郷の幼馴染《おさななじ》みたちの話を聞かせてくれたね。ふふふ、逃げろとは言ったけど、本当に逃げられるとは思わなかったんだ。あのとき、ちゃんと捕まえておけばよかったね』

優しげに微笑《ほほえ》むその顔は、悪意の欠片《かけら》も感じられないものだった。

だが、その瞳《ひとみ》はゾッとするほど暗い色をしている。

「貴様が《怨嗟》だな？」

《刀狩り》が信じられないというようにふり返る。

「そんなはずないです！　《怨嗟》は私が斬ったんです。ちゃんと、死んだのだって確かめたのに……」

その言葉に、青年は肩《かた》を竦《すく》めた。

『まったく困ったお嬢さんだ。あの義体には手をかけていたのに、めちゃくちゃに壊すのだから。おかげでまだ研究途中《とちゅう》のこれを使う羽目になった』

最初に死んだ《怨嗟》は本体ではなかった。いや、《刀狩り》が斬ってきた者は全て《怨嗟》に操られた人形だったのだろう。その人形の正体が、いまラーファエルの後ろに並んでいるガラスの中に入っているものだ。

青年――いや、《怨嗟》は腰の後ろから一本の小太刀を抜く。

『君たちリュカオーンの人間は優秀《ゆうしゅう》だが、愚《おろ》かだ。こんな優《すぐ》れた魔具を持っていながら、その力を探求しようともしないのだからね』

「あれは――〈天無月《あまのむつき》〉！」

「……本物か？」

小声で問いかけると、《刀狩り》は頷く。

――ということは、こいつが本体と見ていいか。

器用に手の中で小太刀を回しながら、《怨嗟》は囁《ささや》く。

『この小太刀は興味深いものでね。どうやらそれぞれが生と死を司《つかさど》っているらしいんだ。こちらは〝生〟を司る方で、死者の体に命を吹《ふ》き込《こ》み、生者のように活性化させることができるんだよ。まあ、活性化するだけで本当に生き返るわけじゃないんだけどね』

楽しげに《怨嗟》は語る。

『普通の人には大して意味はないんだろうけど、僕《ぼく》にとっては最高の研究対象だ。この力を解明できればホムンクルスや死体ベースなんかとは次元の違う、まったく新しい理論の義体を生み出すことができる。〈魔王《まおう》〉の椅子《いす》だって夢じゃないだろうね』

ラーファエルはふところにいれた刀の残骸を意識する。

――それで、あの小太刀《こだち》の偽物《にせもの》がたくさんあったわけか。

それから、《怨嗟》は恭《うやうや》しく頭《こうべ》を垂れる。

『さてお嬢さん、取り引きといこう』

「取り引き、ですって？」

『うん。この小太刀は、どうやら君じゃないと上手《うま》く使えないらしい。血に依存《いそん》しているのか、それとも肉体的なキーが存在するのか。まあ、とにかく君の体がほしいんだ。おとなしく従ってくれたら、その死体どもは墓に返してあげてもいいよ』

まったく取り引きになっていない提案に、《刀狩り》が叫《さけ》ぶ。

「――ふざけ、ないで！」

そのまま小太刀を抜いて斬りかかる。

《怨嗟》も同じく小太刀で受け止めるが、その動きはまったく《刀狩り》についていけていなかった。そのはずだったのだが――

「あぐっ――」

《刀狩り》の手から、小太刀が跳《は》ね飛ばされる。その衝撃《しょうげき》に思わず手を押《お》さえ、まともに隙《すき》を作ってしまう。

「――ッ」

音を立てて糸が切れ、仮面が地面に転がる。《刀狩り》が我に返る前に、首を掴《つか》まれ宙づりにされていた。

『ひひっ、無知なお嬢さんに教えてあげよう。刃物《はもの》を持った魔術師と斬り結んだりしてはいけないよ。腕の骨が折れてしまうからね』

「あ――かっ、ひゅ……っ……」

『おっといけない。力加減を気をつけないと、首の骨を折ってしまいそうだね』

魔術師の身体能力は人間を超越《ちょうえつ》している。暗闇《くらやみ》の中からの不意打ちならともかく、洗礼鎧《よろい》もなく正面から斬り結んで無事でいられるはずはなかった。

「《刀狩り》！」

ラーファエルが剣《けん》を抜くと、《怨嗟《えんさ》》は小太刀を掲《かか》げる。

『おっと、君はそっちで遊んでいてくれたまえ』

ガシャンと鋭い音が響き、背後のガラスの筒が割れる。

ふり返ると、ガラスの中からいくつもの動く死体が這《は》いだしていた。

「チイッ、不死者《アンデッド》か！」

『おっと君、失礼なことを言うなよ。僕の大切な義体候補だよ？　まあ、まだ調整前だからただの死体だけどね』

せせら笑う《怨嗟》を無視して、ラーファエルは不死者たちをなぎ払《はら》うように大剣を振《ふ》るう。

「くっ？」

だが、大剣は振るわれなかった。部屋への入り口にぶつかり、止まってしまったのだ。

『ははは、馬鹿《ばか》だねえ。こんな狭いところで大剣なんて振り回せるわけないだろう？

ここに入った時点で、君たちはもう追い詰《つ》められていたんだよ』

その嘲笑《ちょうしょう》を、ラーファエルは勝者の言葉とは捉《とら》えなかった。

――いや、違う！

追い詰められたのは、自分たちではない。

ラーファエルは剣を引くと、今度は突きの型で正面の不死者を貫《つらぬ》く。胴《どう》を貫かれた不死者は事切れたように動きを止めるが、すでに《刀狩り》との戦いでボロボロの剣である。半ばまで突き立てたところで、今度は抜けなくなってしまう。

『あーあ、やってしまったね』

部屋は広くとも出入り口は狭い。思うように身動きが取れないのはお互いさまで、不死者も一度に襲ってくることはできないが、すぐに次の不死者が飛びかかってくる。

大剣を突き入れてしまったラーファエルは、剣を抜くことも避《よ》けることもできない。

「ふんっ！」

そのときラーファエルが取った行動は、抜けない大剣を思いっきりねじる、だった。

パキンと、存外に軽い音を立てて大剣は半ばから真っ二つに折れた。

「ふむ。ちょうどよい長さになったな」

いつ折れてもおかしくない状態だったのだ。洗礼鎧の加護を得た腕力《わんりょく》で無理な力を加えればこうなる。

半分の長さになった剣は、飛びかかる不死者に十分追いつけるほど軽かった。

二体目の不死者の首が飛ぶ。

「少し、おとなしくしていろ」

首を失い、そのまま倒《たお》れ込んでくる不死者の体を、ラーファエルは部屋の中に蹴《け》り込む。

魔術師とまともに斬り合えるほどの力で蹴り込まれたそれは、ボールのような勢いで吹き飛び迫《せま》り来る不死者たちを巻き込んで転がった。

倒したわけではないが、これで足止めにはなる。

ひと呼吸の間もなく、ラーファエルはくるりと体を反転させて踏《ふ》み込む。

『おっと、そんな危ないものを振り回していいのかい？』

しかし《怨嗟》の手にはいまだに少女が宙づりにされているのだ。《怨嗟》は躊躇《ちゅうちょ》なく少女を盾《たて》にした。

正面から首を掴んでいるのだから、当然ラーファエルには少女の背中が向けられる。

「――魔術師なら、そうすると思ったぞ！」

　ラーファエルは地面を蹴った。

　地面には大量の骨の破片《はへん》や拷問器具が転がっているのだ。それを《怨嗟》の顔めがけて蹴り飛ばした。

　少女の体が邪魔《じやま》で目には届かなかったかもしれないが、それでも《怨嗟》の注意を逸らすには十分だった。

『消えた？』

《怨嗟》が声を上げたときには、少女は摑む腕の影に滑《すべ》り込むように、ラーファエルは踏み込んでいた。

「ここだ！」

　下から弧《こ》を描くように振り上げた剣が、《怨嗟》の腕《うで》を素通《すどお》りした。

　少女を摑んだ腕が、胴体《どうたい》から離れる。

『――っあっぎゃああああああああああっ！』

《怨嗟》が絶叫《ぜつきよう》を上げる。

「――かはっげほげほっ」

　ゆらりと倒れる少女を片腕《かたうで》で受け止めると、激しく咳《せ》き込む。ひとまず息はあるようだ。

　しかし、少女を抱《だ》き止めたことで今度はラーファエルの方が隙を作る。

「後ろ！」

『貴っ様ああああああッ！』

少女が声を上げたときには、《怨嗟》が小太刀を振り上げていた。

ラーファエルは少女を抱きしめ、自分の体に隠《かく》すように背中を向ける。

鈍《にぶ》い痛み。

生暖かい液体が肩から噴《ふ》き出す。斬られたのだと認識したときには、ラーファエルは少女もろとも壁に叩《たた》き付けられていた。

ぬるりとした感触《かんしょく》に、少女が震《ふる》える声を上げる。

「なんで……。ひとりなら、避けられたじゃないですか！」

「………………」

答える余裕《よゆう》はなかった。

代わりに、ラーファエルはこう告げる。

「追い詰め、られているのは、やつの方だ……いまなら、殺せる」

余裕ぶってはいるが、研究室まで曝《あば》かれるというのは《怨嗟》も想定外だったはずだ。

だからろくに魔術の装備も身に着けていない上に、これまで大事に隠し持っていた〈天無月《あまのむつき》〉の片割れまで持ち出し、本体までさらけ出してしまっている。その証拠《しょうこ》に《怨嗟》

は死体を操る以外の力を使っていない。

それから《怨嗟》をふり返る。正確には、その少し手前の地面である。

そこには、少女が弾《はじ》き落とされた〈天無月《あまのむつき》〉が突《つ》き刺《さ》さっていた。

視線の意味を理解したのだろう。少女も決心したように頷いた。

ラーファエルはもう一度立ちあがる。

まだ動ける。

傷は浅くはないが、剣は握《にぎ》れる。

奥の部屋からは立ち上がった不死者たちが迫っている。

恐《おそ》らく、これが最後のチャンスだろう。

「おおおおおおおおおおっ！」

雄叫《おたけ》びを上げ、ラーファエルは真《ま》っ直《す》ぐ突進《とっしん》する。柄を握り潰《つぶ》さんばかりの力を込めて両手で剣を握り、渾身《こんしん》の力を以《もっ》て斬りかかる。

『馬鹿が！』

隻腕《せきわん》になった《怨嗟》は小太刀でそれを受ける。

魔術師の腕力に加え、《怨嗟》が握っているのは斬り合った剣の方をボロボロにする業《わざ》物《もの》なのだ。

打ち込んだ大剣は、柄だけを残して粉々に砕《くだ》け散っていた。

背中の傷が開き、ドッと血が吹きこぼれる。

がっくりと膝《ひざ》をつくラーファエルの姿を見下ろし、《怨嗟》に勝者の笑《え》みが浮かんだ。

「――剣が業物でも、お前の腕はなまくらです」

その背中から、影のように少女が滑り出た。手には取り落としたはずの〈天無月《あまのむつき》〉。

ラーファエルが斬りかかったのは無策の蛮行《ばんこう》ではない。少女が小太刀を拾い、斬り込むための時間稼《かせ》ぎである。

『――っ、それがどうした！』

《怨嗟》は小太刀を振りかぶってそれを迎《むか》え撃《う》とうとするが――

『……は？』

その手に、小太刀はなかった。

それ以前に、手首から先がぐしゃぐしゃに潰れていて、手の形を保っていなかった。

ラーファエルの渾身の一撃《いちげき》は、小太刀ではなく《怨嗟》の手を狙《ねら》ったものだった。

洗礼鎧は装着者に魔術師と対等なほどの膂力《りょりょく》を与《あた》えるものだ。得物が優れていたくらいで、剣の素人《しろうと》が受けられる一撃ではない。

『やっやめ――』

なにかを言いかけた《怨嗟》の首に、〈天無月《あまのむつき》〉が突き立てられる。

そして、そのままスコンと胴から跳ね飛ばされていた。

ひと月にわたる《刀狩り》事件が、ようやく終わりを迎えた瞬間《しゆんかん》だった。

十三

「本当に、医者に行かなくて大丈夫《だいじようぶ》なんですか？」

ハイディを庇《かば》ったせいで、聖騎士は重傷を負った。明るい月の下に出て応急手当をしたものの、彼《かれ》はまだやることがあると言って医者に行こうとしないのだ。

《怨嗟》を倒したら、奥の不死者たちも動かなくなっていた。

魔術の理屈《りくつ》はよくわからないが、聖騎士が言うには彼らが動くことはもうないそうだ。

夜が明けたら教会で埋葬《まいそう》してくれるというので、そちらを頼《たよ》らせてもらおう。

「洗礼鎧には傷の回復を早める加護がある。これしきの傷、少し休めばすぐに塞《ふさ》がる」

「でも……」

「それより、貴様はその剣が奪《うば》われぬよう、大事にしまっておくのだな」

ようやく取り戻《もど》したふたつの〈天無月《あまのむつき》〉。もう、誰《だれ》にもこれを悪用させたりするものか。

ふた振りの小太刀をギュッと抱きしめ、ハイディはうつむく。

「……どうして、私のことなんてかばったりしたんですか？　あなたなら、ひとりでもあの魔術師を倒せたはずです」

聖騎士は疲《つか》れた顔をしていたが、面倒臭《めんどうくさ》そうに口を開く。

「貴様が斬ってきたのは、《怨嗟》に操られた骸《むくろ》だった。生きてはいなかったのだ。貴様は、誰も斬っていない。なら、聖騎士が守らねばならない、民だ」

ずっと〈天無月《あまのむつき》〉を追いかけて、人を殺したのだと思っていた。

なのに、この人はそんなハイディの罪まで拭《ぬぐ》ってくれたのだ。

――参っちゃったなあ……。

夜の空を見上げると、満月から少し欠けた月が浮かんでいた。

十六夜《いざよい》の月。

リュカオーンでは躊躇《ためら》いの月とも呼ばれる月。

「——月が、綺麗《きれい》ですね」

「ほわっ？」

聖騎士がとうとつに口にした言葉に、ハイディは跳《と》び上がった。

「な、なななな、なんですか急にっ？」

「いや、あれはどういう意味の言葉だったのだ？」

不思議そうに首を傾げる聖騎士に、ハイディは顔を覆《おお》った。

「……それに答える前に、ひとつ質問があるんですけど」

「ふむ。なんだ？」

「私のこと……私が《刀狩り》だって、いつから気付いてたんですか？」

聖騎士は少し考えるようにうつむく。それから思い出をふり返るように言う。

「確信を持ったのは、夕方貴様がハンカチを返してよこしたときだな。宿の娘《むすめ》には似つかわしくない剣だこがあった。大層な手練《てだ》れだと確信した」

「あー……」

確かに迂闊《うかつ》だったかもしれない。

あれさえなければ、この聖騎士が自分を助けたりなどしなかったのではないだろうか。

──ううん。たぶんこの人、結局助けてくれたんだと思います。

見た目の怖《こわ》さとは裏腹に、呆《あき》れるほど実直で優しい人なんだから。

しみじみとそう感じ入っていると、聖騎士はまだ言葉を続けていた。

「──怪《あや》しいと思ったのは最初に宿で会ったときか」

「じゃあ最初からってことじゃないですかっ？」

愕然《がくぜん》とするハイディに、聖騎士は呆れたように言う。

「その背格好で瞳の色まで同じなのだ。疑わねば仕方があるまい。それで調べてみれば貴様がやったとしか思えぬ状況《じょうきょう》証拠《しょうこ》がボロボロ出てくるのだ。こちらこそ誰を捕《と》らえればいいのかわからなくなって途方《とほう》にくれた」

「……なのに、捕《つか》まえないで、助けてくれたんですか？」

「…………」

聖騎士は、やはり答えてはくれなかった。

──敵《かな》わないなあ……。

心臓がまたトクトクと早鐘《はやがね》を打っている。

出会ったときからずっとこうだ。

最初は怖かったから。次は驚《おどろ》いたから。それから困惑《こんわく》に変わって、《怨嗟》と戦ったときは緊張《きんちょう》で。

いまは、どうしてなのだろう。

どうして、こんな温かい気持ちなのだろう。

「……ふふ」

「なんだ？」

思わず笑みがこぼれてしまい、聖騎士から怪訝《けげん》そうな顔をされる。

少しやり返してやりたい気持ちがこみ上げてくる。

いまなら、きっと上手くいく。

ハイディは人差し指を立てて、月を見上げる。

「ふむ……？」

その仕草に吊《つ》られて、聖騎士も月を見上げる。

──隙有り！

聖騎士が無防備に晒《さら》した唇《くちびる》に、少女は自分の唇を重ねた。

「──ッ？」

　聖騎士が驚いた顔をしてひっくり返る。彼がこんなに驚く姿を見せたのは初めてのことで、ハイディは達成感とともに心が躍《おど》るのを感じた。

　山風が吹いて、髪《かみ》が巻き上げられる。

　それを指で掬《すく》いながら、ハイディは満足そうに微笑んだ。

「月が綺麗ですね――それは、そういう意味です」

　初めて口にしたとき、そんな感情は露《つゆ》ほどにも存在しなかった。

　嗚呼《ああ》、でもいまのこの感情はなんだ。

　もはやそうとしか表現できない気持ちだった。

　聖騎士の方も、月明かりの下でもわかるほど顔を赤くしており、形容しがたい陶酔《とうすい》感を覚えた。

　歌うように、少女は言う。

「言っときますけど、冗談《じょうだん》でしたわけじゃないですからね？　私だって、男の人にこんなことしたの初めてなんですから」

　聖騎士は声が出ないように唸《うな》る。

　そんな聖騎士の反応がなぜか堪《たま》らなく嬉《うれ》しくて、ハイディはいつかの言葉をもう一度口にする。

「お名前を、うかがってもよろしいかしら？」

聖騎士は目を丸くして、それからガシガシと頭をかきながら、呻《うめ》くようにこう返す。

「……ラーファエルだ。ラーファエル・ヒュランデル」

「……そう。ラーファエルさま」

それは出会いの夜を繰《く》り返すように、確かめるようにその名前を繰り返して、今度こそ少女も名乗る。

「私は緋美花《ひみか》です。緋美花・アーデルハイド。リュカオーンのケット・シーです」

それから、ハイディ——緋美花は精一杯の気持ちを込めて微笑む。

「笑ってください、ラーファエルさま。あなたの笑った顔は、とても素敵《すてき》でした。あんなふうに笑いかけたら、みんな怖がったりなんてしないです」

それが別れの言葉なのだとわかったのだろう。

聖騎士——ラーファエルはそれを噛《か》みしめるように目を閉じる。

ラーファエルといっしょに、ここに残りたい。

残って、いっしょに聖騎士をやってみるのも悪くないかもしれない。

傍《そば》にいるだけでこんなにも胸が高鳴る人と共に居られたら、きっと幸せだろう。

しかし、アーデルハイド家はリュカオーンの王家のひとつなのだ。その長女である緋美花は、故郷に帰って子を残さなければならない。

だから、もう去らなければならないのだ。

やがてラーファエルは、目を開くと確かに笑った。

「ではな、緋美花」

「はい。いつかまた、ラーファエルさま」

緋美花は夜の闇《やみ》に溶《と》けるように姿を消していった。

――いつか、きっと……。

その約束は果たされることはなく、ついぞふたりが再会することはなかった。

あのラーファエルが聖剣《せいけん》を継承《けいしょう》し、聖騎士長に昇進《しょうしん》したと耳にするのはそれから十年も経《た》ったころのことだった。

十四

「おのれ、小娘《こむすめ》が……！」

教会の礼拝堂にて、司祭が容姿にそぐわぬ悪意を吐き出していた。

自分を付け狙ってきた少女ではあるが、〈天無月《あまのむつき》〉の力を解明する上で至高の研究材料でもあった。

どうにか生け捕《ど》ろうと義体を使い捨ててきたというのに、平の聖騎士ごときに研究室を曝かれ、あまつさえ全ての義体を破壊《はかい》されてしまった。特に秘蔵のエルフの義体まで失ったのは痛手だ。《怨嗟》の研究は確実に十年は遅《おく》れる。

――いや、まだだ。まだあの小娘は私が死んでいないことに気付いていない。

ここは《怨嗟》の領地なのだ。

先ほどは研究室を守るため、とっさに死体を操《あやつ》る〈天無月《あまのむつき》〉しか持ち出せなかったが、義体を破壊されたいまとなってはもう関係ない。町ごと消し飛ばしても失うものはない。

魔術《まじゅつ》の装備を整え、領地の力を使えば剣を失った聖騎士など敵ではない。双剣揃《そうけんそろ》ったあの少女でも、たやすく捕らえられる。

立ち上がろうとした、そのときだった。

「――司祭さま、大丈夫?」

夜中だというのに目を覚ましてしまったのだろうか。礼拝堂の戸口から小さな女の子が覗《のぞ》き込んできていた。

《怨嗟》はすぐに好々爺《こうこうや》の笑顔《えがお》を浮かべる。

「ええ、大丈夫ですよ。君こそ大丈夫かい？　怖い夢でも見てしまったのかな」

本来の《怨嗟》の魔術は、他者に苦痛を与えて力を得ることではない。

己《おのれ》を肉体という枷《かせ》から解放し、より高次元の精神体へと進化することである。その過程で自分への強い感情――憎悪《ぞうお》や絶望を媒体《ばいたい》に他者の肉体を奪う方法を見つけた。この魔術を完成させれば、人類が滅《ほろ》びない限りは無限の時を得ることができる。

ただ、いまはまだ特製の義体か、さもなくば血縁《けつえん》にしか憑依《ひょうい》できないため、こんな事件を起こしたのである。

――中でも、この司祭の体は極《きわ》めて完成に近い成果だ。

司祭の体はまだ生きている。

操っているというより、精神を同居させているような状態だ。二重人格のようなものと言えばいいだろうか。昼間、聖騎士と会話して子供たちの身を案じていたのは紛《まぎ》れもなく司祭本人の人格である。

ただ病魔《びょうま》にむしばまれ、彼は余命いくばくもない。

それゆえ肉体に滑り込むことができた。《怨嗟》への強い憎悪という前提は、この生真面目《きまじめ》な男の目の前で幼子を殺してみせるという、簡単な手法で解決できたのだから。

――あの小娘を捕らえたら、ここのガキどもで次の義体を作ってやる。

ただ、そこでふと疑問が過る。

この体に同居している間は司祭の記憶も自分のもののように認識できるが、その中にこの女の子などいただろうか?

いや、確かにいた。ふとしたときに傍にいるのに、気がついたらいなくなっている。明らかにおかしいのに、誰もそれを気に留《と》めない。それどころか昔ながらの友人のように振る舞《ま》ってしまっている。

――これは、なんだ?

本能的に飛び退《の》こうとした、そのときだった。

《怨嗟》の顔面を無数の刃物が貫いた。

「っっっっっっ――――!」

声にならない悲鳴を上げて、自分が細切れにされたにも拘《かか》わらずまだ意識があることに気付く。

いや、細切れになどされていない。司祭の体には傷ひとつついていない。

だが、身を裂《さ》かれるような激痛はあった。

――これは、殺気だ！　殺気だけで死を認識するような、次元の違《ちが》う殺意だ！

ガクガクと体が震え、額から伝う冷《ひ》や汗《あせ》が床《ゆか》に水たまりを作る。

身動《みじろ》ぎひとつできないでいるうちに、女の子は扉《とびら》から体を覗かせ、ゆっくりと近づいてくる。

孤児院《こじいん》の子供としては不自然な、豪奢《ごうしゃ》なドレス。腕には不気味な人形を抱《かか》え、金色の髪を頭の左右で束ねている。その髪と同じ金色の瞳には、ゴミでも見るような冷たい色が浮かんでいた。

「クスクスクス、司祭さま。ずいぶんと顔色が悪いのですわ。まるで怖い夢でもみたかのよう」

《怨嗟》は理解した。

いまの殺気を放ったのはこの女の子で、そして取るに足らない自分の力では完全な状態だったとしても為《な》す術《すべ》はない。

これは〝死〟だ。

〈天無月《あまのむつき》〉の力すら遠く及《およ》ばない、絶対的な〝死〟である。

かつて〈魔王〉マルコシアスと対面したときでさえ、これほどの絶望は抱かなかった。

歩きながら、女の子はなにかを口に入れる。こんな状況《じょうきょう》で、まるで空気を読む気もなくうにょんと伸《の》びるそれは、昼間あの少女が配っていた菓子《かし》のようだ。

「オー・ハッギ、甘《あま》くて懐《なつ》かしい味がするのですわ。おいたの罰《ばつ》にひとつ拝借したのですけれど、あの子もなかなか上手に作れるようになったのですわ。あたくしが最初に手解《てほど》きをしたこと、覚えているのですかしら」

この小さな口によくあんな大きな塊《かたまり》が入るもので、女の子はぺろりと菓子を食べ終えてしまう。

その手に付いた飴《あめ》のような滓《かす》を真っ赤な舌で舐《な》め取り、女の子は《怨嗟》の前に立つ。

「さて、困ったことをしてくれたのですわ。まさかアーデルハイドの里から〈天無月《あまのむつき》〉を盗《ぬす》み出すだなんて」

女の子はぬいぐるみを抱いていない方の腕をスッと伸ばす。

その手には凶器《きょうき》のひとつもなく、まるで頭でも撫《な》でるかのような優《やさ》しい手つきだった。

許されたのかと、息を吐《は》こうとして《怨嗟》はさらなる恐怖《きょうふ》を思い知らされる。

「おごっ――ッ――ッっ――ッ？」

女の子が軽く手を握ると、心臓を鷲摑《わしづか》みにされたかのような激痛が走る。

肉体の痛みではない。

精神……いや、魂魄《こんぱく》そのものが軋《きし》んでいるのだ。

「憑依ですのね？　あたくし、生ある者の生き死にには関《かか》わらないことにしているのですけれど、貴兄《きけい》のこれは生きていると形容するのですかしら」

ミシミシと自分の存在がひび割れていくのを感じる。

いま自分が存在していられるのは、この女の子がほんの気まぐれを起こしているからに過ぎない。くしゃみでもして力加減を誤るだけで、《怨嗟》は魂魄そのものを粉砕《ふんさい》される。魂魄が砕ければ蘇生《そせい》どころか、輪廻《りんね》の環《わ》にすら還《かえ》らず永遠に消滅《しょうめつ》することになるのだ。

「自分の体も持たず他人に取り憑《つ》く寄生虫ならば、それは不死者側なのですわ。このままお掃除《そうじ》してしまいますけれど、もしもまだ人として天寿《てんじゅ》を全《まっと》うする意志があるなら、それはまだ人間だと呼べるのかもしれませんわ。……貴兄は、どちらですかしら？」

それから、金色の瞳を近づける。魂魄を摑む手の力は変わっていないのに、精神を押しつぶすような重圧。月がそのまま落ちてきたかのような威圧《いあつ》だった。

「はひゅっ、はひっ、生き、生きてる、俺《おれ》は、人として、生きます」

女の子はからかうように微笑む。

「あら？　生からの解放、不死者への道は魔術師《まじゅつし》の本懐《ほんかい》ではありませんの？」

《怨嗟》はようやく理解した。

この恐るべき〝死〟は全《すべ》てを見抜《みぬ》いているのだ。

見抜いているから、この教会に居座《いすわ》っていたのだ。

彼女《かのじょ》の言葉通り、生ある少女と聖騎士の顛末《てんまつ》を見届けるために。

そしてそれが終わったから、後片付けに来たのだ。

《怨嗟》は全力で首を横に振った。

頭の先から魂魄の崩壊《ほうかい》が始まっている。なにかひとつでも女の子の機嫌《きげん》を損ねればそれで終わりだ。

女の子は汚泥《おでい》でも見るように目を細めるが、やがて手の力を緩《ゆる》める。

「まあ、いいのですわ。一度だけ、見逃《みのが》して差し上げます。……ただ、もしもまたあの子たちに手を出したときは……ね？」

ガクガクと震えながら全力で頷《うなず》く。

最後に念を押すように瞳《ひとみ》を近づけられ、魂魄もろとも精神が砕ける寸前で、ようやく女の子は《怨嗟》を解放した。

司祭の体に取り憑く力も残されておらず、《怨嗟》は堪らず体から離《はな》れて本来あるべき場所——自分の本当の体へと消えていった。

この事件で《怨嗟》は力の大半を失い、大きく寿命《じゅみょう》を縮めた。そして十数年後、再び女の子に禁じられた魔術に手を出し、のちに〈魔王〉となる少年によって今度こそ死を与えられることとなる。

目が覚めると、あたりは暗くなっていた。夜だ。場所は礼拝堂のようで、どうやら椅子に座《すわ》っているうちにうたた寝《ね》をしてしまったらしい。

「司祭さま。大丈夫ですの？」

その声に隣《となり》を見ると、金色の瞳をした女の子が心配そうにこちらを見上げていた。

どういうわけかとっさに名前を思い出せないが、うちの子供である。それだけは自然と確信できた。

「やあ、すまないね。ちょっとうたた寝をしていたら、こんな時間になってしまったようだ。みんなはちゃんと歯を磨《みが》いたかな？」

「もちろんなのですわ。ピートお兄ちゃんがみんなに言って、ヘレナとジニーが最後まで嫌《いや》がっていましたけれど、ちゃんと綺麗にしてからお布団《ふとん》に入ったのです」

「うん。そうか。みんな良い子たちで、私は幸せ者だよ」

老い先短い自分には過ぎた子供たちである。

すると、そんな司祭の心を読んだかのように女の子は言う。

「司祭さまは、ちゃんと長生きしてくれないと困りますわ。ピートお兄ちゃんだってがんばっていますけれど、まだ司祭さまに甘えたいところだってあるんですもの」

「うん。そうだね。あの子たちが大きくなるまでは、ちゃんと見守ってあげないとね」

子供の前で弱気なところを見せるわけにはいくまい。

そう答えると、女の子はむしろ母親のように微笑《ほほえ》んだ。

「それでいいのですわ。明日、聖都からお医者さまがいらっしゃるのですわ。長生きするために、ちゃんと診《み》てもらってくださいな」

そう言うと、女の子はぬいぐるみを抱えて立ち上がる。

「それでは、おやすみなさい司祭さま」

「ああ。おやすみ」

そう返したときには、女の子の姿は消えていた。

「……はて？　いま、誰と話していたのだったかな？」

山風が吹《ふ》き抜《ぬ》ける中、コウモリの群れが月に向かって消えていった。

十五

「――もう、二十年前になるか。我がまだ三十かそこらだったころの話だ」

時は流れ、初老に差し掛《か》かったラーファエルはとある魔術師――いや、〈魔王《まおう》〉の城に仕えていた。

因果なもので、二十年前倒しきれなかった《怨嗟》の城であり、いまはその《怨嗟》を殺した〈魔王〉の居城となっている場所である。

懐かしい思い出を語る彼の前には、琥珀《こはくいろ》色の瞳をした少女が座っている。翠《みどり》の髪の隙間《すきま》からは野太い角が生えていて、興味深そうに頷いている。

この城の姫《ひめ》であり、ラーファエルにとってかけがえのない戦友の娘でもある少女だ。

「黒花《くろか》が目の光を失って運ばれてきたとき、ひと目で緋美花の娘だとわかった。我が知っている緋美花は十五歳《さい》ほどだったが、それがそのまま成長したような容姿で、〈天無月《あまのむつき》〉まで持っておったからな」

そして、彼女の生い立ちを聞いて緋美花の死を知った。

――あれは、命を懸《か》けて娘を守り抜いたのだな。

悲しむよりも、それを褒《ほ》めてやりたかった。

竜《りゅう》の少女はどこか躊躇《ためら》うように問いかける。

「だから、黒花を娘にした？」

「……きっと、そうなのだろうな。身寄りがないと聞いて、気がついたときには身元引受人に名乗り出ていた」

背もたれに身を預け、静かに息を吐くと竜の少女はまた問いかける。

「それで、結局あの言葉の意味はなんだったの？　その『月が、綺麗ですね』というの」

ラーファエルは目を丸くして、それから苦笑《くしょう》を返した。

「フォルよ、それは貴様にはまだ早い」

窓の外に目を向けると、丸い月が浮《う》かんでいた。

昨夜が満月だったから、今夜は十六夜だ。

十六夜の名には、躊躇いという意味があるのだそうだ。

あのとき、躊躇って前に出られなかったのはどちらだろう。

――追いかけるという選択《せんたく》を、あの日の我は考えることができなかったな。

向こうはアーデルハイド家の姫なのだ。どの道、ヒトと結ばれることはできないが、それでも傍にいてやれれば、緋美花と黒花はいまもリュカオーンで幸せに暮らしていたのではないだろうか。

この歳《とし》になって未練がましいとは思うが、そんな後悔《こうかい》がこみ上げてきた。

「――きっと、緋美花はラーファエルと会えてよかったと思ってる」

予期せぬ言葉に、ラーファエルは目を丸くする。

「ラーファエルと会えたから、一生懸命《いっしょうけんめい》生きたんだと思う。だから、黒花が生き延びれたし、ラーファエルとまた会えたんだと思う」

ラーファエルは静かに微笑んだ。

「そうかも、しれんな」

思い出話も終わって、竜の少女は席を立つ。

部屋を出ようとして、ふと思い出したように立ち止まる。

「そういえば、緋美花に笑えと言われて、ラーファエルはどうした？」

「うん？　まあ、あのように助言されたのだからな。初対面の相手にはまず笑いかけるようにした。あまり効果はなかったようだがな」

「……あ、うん」

その笑顔が殺気すら感じさせる凄絶《せいぜつ》な笑顔だったがために、四百九十九人もの魔術師に襲《おそ》いかかられる羽目になっていたとは、ラーファエルはついぞ知ることはなかった。

なにやら複雑そうな顔をして去って行く少女を見送って、ラーファエルも席を立つ。

テーブルの上に、古びた獣《けもの》の面だけが残されていた。

「——ね、ねえフォルちゃん。その話、黒花《くろか》ちゃんは知ってるのかな？」

フォルが語り終えると、クーが顔色を青くして言う。

「たぶん、知らないと思う。少なくとも、ラーファエルは話してないはず」

「ええっ、お、教えてあげなきゃ。これ、クーたちがこんなところで聞いていい話じゃないよ。黒花ちゃんに知らせてあげないと！」

「それは、ダメッス！」

慌《あわ》てて立ち上がるクーを止めたのは、意外なことにセルフィだった。

「セルフィちゃん、なんで？」

「……上手《うま》く言えないッスけど、黒花ちゃんが知らないってことは、おばさんもラーファエルさんも話さなかったから、ってことだと思うッス。それを、自分たちが勝手に話したら、いけない気がするッス」

その言葉に、フォルも頷く。

「私も、セルフィと同じ気持ち。私は、そんなつもりでラーファエルからこの話を聞いたわけじゃない」

そう訴《うった》えると、ゴメリが車椅子《くるまいす》をこいで隣まで来る。

「セルフィ嬢《じょう》、フォル嬢、よく理解してやれたのう。そなたらの成長に、妾《わらわ》も感動を禁じ得ぬ！」

金色の瞳に涙《なみだ》を、鼻からは真っ赤な鼻血を伝わせ、ゴメリは頷いてそう言った。

そこに、マニュエラが加わる。

「つまりね、これはふたりにとって秘密の恋《こい》ってやつだったんじゃないかしら。だって黒花ちゃんのお父さんは違う人なんだもの。それを勝手に教えたら不味《まず》いでしょ？」

「秘密の恋……！　そうか。そういうの、物語の中の話だとばかり思ってた」

クーはなにやら頬《ほお》を紅潮させて頷く。

「黒花が知るなら、ラーファエルが話すか、黒花自身が問いかける必要があると思う」

「然《しか》り。秘《ひ》められし恋ゆえに愛《め》で力《りょく》は高度に濃縮《のうしゅく》され、絶大な破壊力《はかいりょく》を持つ。だからこそ彼らは美しい。素晴《すば》らしい愛で力であった」

なにやらよくわからないことをつぶやきながら、ゴメリは続ける。

「それでいて、それを理解しようとするそなたらも気高き愛で力であったぞ！」

「そう……？」

「特にセルフィ嬢。そなたからは十日前とは比較《ひかく》にならぬ高度な愛で力を感じるのじゃ」

「わーい！　よくわかんないけど、やったッス！」

セルフィは無邪気《むじゃき》に両手を挙げて喜ぶ。本当にこの連中に話してよかったのだろうかと一抹《いちまつ》の不安を覚えるも、過ぎたことだ。フォルは視線を逸《そ》らすに留《とど》めた。

「さて、それじゃあお次はアタシの番かしらね」

「ほう、同志マニュエラよ。この場で話すだけの愛で話があるというのじゃな？」

「もちろんよ。ほら、今日のふたりを見てみなさい？」

そう言って指し示したのは、ザガンとネフィのふたりだった。マリ＝トッツォは食べ終わったようで、ザガンはキ・セルをくゆらせネフィもそこに寄り添《そ》っている。

そんなふたりだが、本日は見慣れぬ服装をしていた。

「ふたりがあの服を買いに来た話、聞きたくない？」

クーが椅子《いす》に座り直し、ゴメリも車椅子を元の位置へと走らせた。

「聞かせてもらおう。我が王の愛で力を」

そうしてマニュエラが話し出したのは、フォルが恋バナを聞いて回った翌日の話だった。

一

ザガンの身を、激しい緊張が襲っていた。

キュアノエイデス繁華街《はんかがい》。マニュエラの店など馴染《なじ》みの店も多く、ザガンとて歩き慣れた通りである。

にも拘わらず、そこを歩くザガンは右手と右足が同時に前に出かねないほどの緊張に見舞《みま》われていた。

ぎこちなく隣に視線を動かすと、そこには愛する嫁《よめ》であるネフィがいる。

真っ白な髪には鮮《あざ》やかな赤のリボン。愛らしくも小さく整った顔には紺碧《こんぺき》の瞳。服装は普段《ふだん》の侍女《じじょ》姿ではなく、真っ白なドレス調のワンピースに毛皮の上着という柔《やわ》らかい格好である。ワンピースの方は以前、ラジエルへ行ったときに着ていたものだ。

ちょうどネフィもザガンを見上げていたところで、思わず目が合ってしまった。

「ふ、ふははは！」

「え、えへへへ……」

慌てて視線を逸らし、乾《かわ》いた笑い声をもらす。

本日はネフィとのデートである。城での執務《しつむ》はラーファエルとキメリエスに一任してあるし、ネフィも一日休暇《きゆうか》を取っている。

さらに言うなれば、あの困ったおばあちゃんであるゴメリも所用で外に送り出しているのだ。まさに誰の邪魔《じゃま》も入らない――入ったら始末するが――幸福な時間だと言うのに、ふたり揃《そろ》ってこんなことを繰り返しているのだった。

時刻は昼を回ったころ。陽が暮れるころには城に戻るつもりであるため、午後を丸々使ってもそこまで長い時間はない。

急なデートだったことに加えて、朝からとある事件に巻き込《こ》まれていたため、出かけるのに手間取ってしまったのだ。

――ぬううっ、ようやくネフィとのデートに出かけられたというのに！

前にデートしたのはいつだった？

確か新婚《しんこん》旅行（仮）で聖都ラジエルに行ったときだから、二か月も前の話である。ネフィを幸せにすると誓《ちか》っておきながら、なんたる体《てい》たらく。

それもこれも全部シアカーンが悪い。早く始末しなければ。

朝っぱらから面倒《めんどう》ごとを持ち込んできたナベリウスも同罪だと言いたいところだが、あの夢の中の事件がなければザガンもこうしてネフィをデートに誘《さそ》い出すことができなかったかもしれない。そう考えれば酌量《しやくりよう》の余地はある。

結果的に結婚《けっこん》指輪の製作も依頼《いらい》することができたし、まあ許そう。

問題はせっかくデートに来たのに、ギクシャクしてしまっているザガン自身にある。

原因は、わかっているつもりだ。

今朝デートに誘うとき、直前までとある事件に巻き込まれていたこともあって、つい衝《しよう》動的《どうてき》にネフィを抱《だ》きしめてしまったのだ。

もちろん、抱きしめたことなど初めてではない。

普段から膝《ひざ》の上に座らせたりしているし、なんならお姫さま抱っこだって数日に一度はやっている。希《まれ》にそのままほっぺたをすりすりすることだってあるくらいだ。本当は毎日でもしてやりたいところだが、日中は忙《いそが》しい上に邪魔も多いため、なかなかできない。

ただ、今朝のあれは、上手く言葉にできないがいつもとは情緒《じようちよ》が違ったのだ。

めちゃくちゃ心配させてしまったし、その上で助けてもらって、さらにはそういった苦労を微塵《みじん》も表に出さずに微笑んで「おかえり」と言ってくれた。

そんな姿に救われたような、報《むく》われたような、申し訳ないような、自分にもよくわからない形容しがたい感情がこみ上げ、胸の奥《おく》がきゅうっとなって思わず抱きしめてしまった。

それから、なぜかネフィの顔を直視できなくなっている。

無理にネフィの顔を見ようとすると、眩《まぶ》しすぎて心臓どころかこの身さえ微塵に砕《くだ》かれそうな衝撃《しょうげき》が感じられる。

魔術で血流を制御《せいぎょ》し、心筋を回復強化することでなんとか気を失わずに耐《た》えているが、そうでなければとうの昔に倒《たお》れているところだろう。

〈魔王〉が魔術を駆使《くし》してようやく耐えられるほどのときめきが、ザガンを襲っているのだった。

あるいは、これが〝惚《ほ》れ直す〟という状態なのかもしれない。

そんなザガンの動揺《どうよう》が伝わったのか、ネフィの方もいつの間にか硬直《こうちょく》してしまい、せっかくデートに来たにも拘わらずふたり揃ってこの様だった。

――このままでは会話すらないまま、街を一周して帰ることになりかねん！

まあ、別にネフィといっしょに歩いているのだからそれはそれで悪くはないのだが、二か月ぶりのデートがそれでは味気ないではないか。

ネフィも同じ気持ちのようで、なにか話そうと口を開いては言葉にならず悶絶《もんぜつ》し、ツンと尖《とが》った耳の先を跳《は》ね上げたりしな垂れさせたりしている。

そんなネフィに対し、ザガンはというと『今日もネフィの耳は可愛《かわい》い』と悶《もだ》えることしかできない。あまりに無力だった。

そんなふたりを微笑ましそうに眺《なが》めながら、通行人たちが今日は一日平和そうだと頷きながらすれ違っていくのだが、ザガンとネフィに気付く余裕《よゆう》はなかった。

と、そこで気付く。

通行人の服装が、冬服から春服に替《か》わり始めているのだ。今日は〝水瓶《みずがめ》の月〟の最後の日で、夜は冷え込むが日中はそれなりに暖かい日もある。

ネフィの服装は冬服だ。いまの季節に着ておかしなものではないが、春用の服を見繕《みつくろ》うというのはいいかもしれない。

ザガンはコホンと咳払《せきばら》いをして、ネフィに話しかける。

「ああっと、ネフィよ！」

「ひ、ひゃい！」

「「……～～～～っ」」

お互《たが》い声が裏返ってしまい、羞恥心《しゅうちしん》から顔を覆《おお》って悶絶するが、今回は数秒で立ち直ることができた。

「その、なんだ。そろそろ暖かくなるし、春服でも見に行くというのは、どうだ？」

「……っ、そ、そうですね！　前からお洋服を選びに行こうと言っていましたし！」

「そ、その通りだ！」

そうなのだ。前にデートしたとき、次はいっしょに服を選びに行こうと言っていたのにそれも今日まで先伸ばしになっていた。

己の不甲斐《ふがい》なさに打ちのめされるが、ネフィの方はそれで少しは緊張《きんちょう》が解けたのかほのかに表情を緩めていた。

――よかった。ようやくネフィが笑ってくれた。

赤面しているネフィも愛くるしいが、やはり自然に笑ってくれる姿はよいものだ。

ザガンが感慨深《かんがいぶか》く頷いていると、ネフィが小首を傾《かし》げた。

「どうかなさいましたか、ザガンさま？」

「あー、いや……その、今朝のことだが、驚《おどろ》かせてすまなかったな」

ここで蒸《む》し返すのは悪手とわかっていたはずなのに、ザガンはつい反射的にそう答えてしまった。

口が滑《すべ》ったと思ったが、ネフィは仕方なさそうに微笑む。

「いいえ、大丈夫《だいじょうぶ》です。リリスさんもアルシエラさまも、無事に帰ってこられたではありませんか」

「いや、そっちではなくだな……」

ザガンは自分のために尽《つ》くした配下を決して見捨てない。リリスが夢の中から帰ってこなくなったため、助けに向かったというのが今朝の事件だ。

とはいえ、ザガンが気にしたのはそちらではない。いや、そっちも心配をかけて申し訳なくは思っているが。

やがてネフィもなんのことか気付いたらしい。耳だけでなく頬まで真っ赤に染めた。

「あう、あうぅ、あれはその、驚きましたけれど、嫌だったわけでは……」

赤くなった頬を両手で覆いながら、それでも目元は隠《かく》さずザガンを見上げ返す。

「……その、ザガンさまがあんなふうに情熱的に抱きしめてくださったのは、初めてだったものですから」

「そ、そうだったか？」

「はい」

確かに、あんなふうに衝動的に抱きしめたことはなかったかもしれない。かつてネフィが誘拐《ゆうかい》されたときでさえ、おっかなびっくり抱きしめ返すことしかできなかったのだから。

なんだか申し訳ないことをしたような気分になってきたが、ネフィは柔らかく微笑む。

「だ、だから今日は、ちょっと舞い上がってしまって、ザガンさまのお顔が見れないような気持ちになってしまって……」

「んんんっ……っ！」

まさかそんなに喜んでくれているとは思わなくて、ザガンは堪《たま》らず膝をついた。

だが、ザガンとて〈魔王〉の一席に名を連ねる魔術師である。魔術の奥義《おうぎ》を尽くし、なにごともなかったように立ち上がってこう返す。

「その、嫌でなかったのなら、またやってもかまわんか？」

「……ッ！　えっと、その……はい」

もう、耳どころか顔を真っ赤にして、ネフィはまんざらでもなさそうに頷くのだった。

「……毎回は、刺激《しげき》が強すぎますので、たまに……でしたら」

「そ、そうだな。毎回は俺も心臓が耐えられん可能性が高い」

「ふふふ、いっしょですね」

「う、うむ。同じ気持ちと言えるかもしれんな」

微笑む顔はまだぎこちなかったが、街に繰《く》り出したときに比べれば軽くなっていた。

それから、手と手が触《ふ》れ合う。

「「あ……」」

思えば、デート中だというのに、ふたりの間には人ひとりが割って入れるくらいの距離《きょり》が空いていたのだ。まあ、実際に割り込む命知らずがいたなら、首を引きちぎって捨てているだろうが。

ザガンがそっと手を差し出すと、ネフィは遠慮《えんりょ》がちに小指をつまむように指を絡《から》める。いつもの握《にぎ》り方だが、本日はそうではなかった。

ネフィは思い直すように頭を振《ふ》ると、ぎゅっと手を握り返してくれた。

――おおおっ、ネ、ネフィが積極的に手を握ってくれた！

それだけで心臓がばっくんばっくん高鳴り、毛細血管が破裂《はれつ》しかねないほど激しく血流が全身を駆《か》け巡《めぐ》る。ザガンが身体強化に特化した魔術師でなければ、絶命していたかもしれない。

そのころ、キュアノエイデスを遠く離れた場所で困《つたおばあちゃん》ゴメリが『くうっ、この強大な愛で力……王の身になにがっ？』などとぼやいていたが、それはまた別の話である。

二

「――私が言うのもなんだけど、それで来る店がうちでいいわけ？」

ザガンとネフィが足を運んだのは、マニュエラの店だった。マニュエラは翼人族《よくじんぞく》の店員で、こと洋服に関しては有能な働きをしてくれる。ただ、いかんせん趣味《しゅみ》に走っては人をおもちゃにする悪癖《あくへき》がある。

当然、デート中に寄りたい店ではないのだが、洋服選びとなるとザガンもネフィも他に頼《たよ》れる店を知らなかった。

呆《あき》れた顔をするマニュエラの後ろでは、狐獣人《きつねじゅうじん》の少女クーが慌ただしく接客に駆け回っている。この店でマニュエラがまともに接客している姿を見たことがないのだが、この女ちゃんと働いているのだろうか？

ザガンは苦渋《くじゅう》の滲《にじ》んだ声で答える。

「俺としても忌々《いまいま》しいが、これまで貴様の店の品揃《しなぞろ》えに不満を覚えたことはない」

まあ、余計なものまであるから来たくないのだが、真面目《まじめ》に仕事をしていればマニュエラのセンスの高さは疑いようもない。

もちろんネフィの服はザガンが選ぶつもりではあるが、そのマニュエラが品物を管理しているのだから安心して選べる店ではあるのだ。

ネフィも苦笑を返す。

「すみません。やはりマニュエラさんのお店が一番安心して洋服を選べるものですから」

「ま、そんなふうに頼られたらおもちゃ……じゃなくて、断れないわね」

「おい貴様いまなにを言おうとした……？」

ザガンが鋭《するど》く睨《にら》み付けると、マニュエラは白々しく視線を逸らして口笛を吹いていた。

とは言え、こんなことでいちいち腹を立てるくらいならこの店には入っていない。ザガンはふんと鼻を鳴らして言う。

「まあ、いい。それより春ものの服を探している。どの辺りに置いてある？」

「春ものならそっちの棚《たな》に揃えてあるわよ。夜の服なら奥の秘密の部屋に……」

「いらん」

いやまあ、まったく興味がないかと言われればそんなことはないのだが、いま選ぶようなものでないことは確かだろう。

また余計なことを始める前にザガンは示された棚に向かうが、そこでネフィがマニュエラに問いかける。

「マニュエラさん、男性用はどちらになりますか？　見当たりませんが」

「男性用ならこっちの奥の棚……って、なに？　今回はザガンさんの服見に来たの？」

「えっと、ふたりで選びっこしようかと」

はにかみながら微笑むネフィに、ザガンはまたしても胸を打たれた。

だが、その答えにマニュエラが表情を険しくした。

「そういえば、ネフィは今日デートをしているのよね？」

「えっと、はい……」

赤くなった耳の先を震《ふる》わせてネフィが頷くと、マニュエラは信じられないとでもいいたげな視線をザガンに向けた。

「まあ、服選びが目的ならある程度ラフな格好も仕方ないとは思うけど、ザガンさんもう少しなんとかした服ってなかったの？」

今日もザガンはいつものローブ姿である。確かに、これはデートに着てくるような服装ではないだろう。

この指摘《してき》にはザガンも呻《うめ》くことしかできなかった。

「し、仕方がなかろう。魔術師《まじゅつし》の衣服には無数の魔術が仕込《しこ》まれているのだ。おいそれと交換《こうかん》は効かん」

魔術師の衣服とは魔術の要塞《ようさい》なのだ。

ザガンは〝魔術喰《まじゅつく》らい〟という、相手の魔術を後出しで上書きするという力を持つ。

だがそれもそれを可能とするだけの処理速度を得るため、魔術によって神経を走る信号を加速強化し、その負荷《ふか》に耐えうるだけの筋力の補強と、常人からすれば気が遠くなるような魔術の重ねがけによってようやく可能としているのだ。

このキュアノエイデスはザガンの領地ゆえ、ローブを脱《ぬ》いだところで丸腰《まるごし》とまではいかないが、それらの恒常的《こうじょうてき》に発動する魔術を放棄《ほうき》することになるのだ。バルバロスあたりが相手なら殺す気で殴《なぐ》っても二、三発はたたき込む必要が出てくるだろう。

仮にも〈魔王〉シアカーンと交戦状態にあるいま、ネフィとのデート中とはいえそんな愚《ぐ》は犯《おか》せなかった。

なのだが、マニュエラはこれ見よがしにため息をつく。

「はーっ、それはザガンさんの事情であってネフィの事情じゃないでしょ？」

「マ、マニュエラさん。今日のデートは今朝になってから決めたものですから、ザガンさまもご支度《したく》が間に合わなかったんです」

「ネフィは黙《だま》ってて。これはマナーの問題よ。それにネフィはちゃんと可愛い格好をしてきてるでしょ？」

いつになく真摯《しんし》な言葉に、ネフィも目を丸くして退けられてしまう。

「ぬうっ、貴様……っ」

目に見えて狼狽《ろうばい》するザガンを見て、クーが恐《おそ》る恐る声をかける。

〈チーフ殿《どの》！　言い過ぎですよザガンさんあれで〈魔王〉さんなんですから！〉

確かに世界広しと言えど、ザガン相手にこれだけぼろくそに言える一般人《いっぱんじん》はマニュエラくらいのものだろう。

ザガンは肩《かた》を震わせ、怒《いか》りを込めてビシッと指を突《つ》き付けた。

「反論の余地もなく、貴様の言う通りだ！」

ここに込められた怒りは、自分への憤《いきどお》りだった。

「ええー……」

なにやらクーが愕然《がくぜん》としていたが、ザガンは悔恨《かいこん》を込めて言う。

「ネフィとのデートに舞《ま》い上がって、己《おのれ》の身なりをおろそかにするとは、男として恥《は》ずべき怠慢《たいまん》だった」

かつてラーファエルからも忠告されたことがあったというのに、ザガンはそれを活《い》かすことができなかったのだ。これでは暗愚《あんぐ》と誹《そし》られても文句は言えぬ。

——もし敵が現れたら〝技〟でねじ伏《ふ》せればいいか。

ザガンの中から加減や慈悲《じひ》という概念《がいねん》が失われた。〝技〟とは魔術師の己が使うには強すぎると禁じ手にした力なのである。

自分の足を叱咤《しった》するように立ち上がると、ネフィに向き直る。

「すまないネフィ。お前にも恥《はじ》をかかせてしまった」

「そんな！　わたしは気にしていません。むしろこれからザガンさまのお洋服を選べるのを楽しみにしていたんですから」

「そうか……。ネフィは優《やさ》しいな。よし決めたぞ。今日はネフィが着てほしい服はなんでも着てやる。好きなものを持ってきてくれ」

「……っ、はい！」

もちろんネフィの服を選ぶという目的も忘れていないが、その前にザガン自身がネフィに相応《ふさわ》しい男になる必要がある。

手を握り見つめ合うふたりをよそに、マニュエラがおもしろいおもちゃを見つけたようにニイッと笑ったが、ザガンは気付かなかった。

三

「それでネフィ、ザガンさんにはどんな服を着てもらいたいのかしら？　私としてはこの棘《とげ》付き肩パットとか魔王らしくていいと思うのよね！」

「もう、遊ばないでくださいマニュエラさん。ザガンさまにお似合いの一品を探さなければいけないんですから」

いつになく強い口調で言うネフィに、マニュエラは微笑ましそうに苦笑をもらす。

「ふふふ、ザガンさんに似合う服かー。ネフィはどんな服が似合うと思うの？」

「そうですね……。昨日の夢……じゃなくてその、以前燕尾服《えんびふく》を着てくださったときはとても引き締《し》まった感じで、大変お似合いでした」

よほど気に入ったのか、ほのかに頬を赤く染めてネフィは夢でも見るかのような表情で思い返す。

「ちょっと待って？　ザガンさんが燕尾服着たの？　どういう状況《じょうきょう》？」

がしっと肩を摑《つか》んで食いつくマニュエラに、ネフィも思わず視線を逸らす。

「ええっと、少々説明が難しい状況で……」

まあ、リリスが見せてくれた夢の中というのは、なかなか普通《ふつう》の人間にわかるように説明するのは難しいところだろう。

だがはぐらかすような答えになってしまったことから、マニュエラはさらに興奮してしまう。ゴメリもそうだが、こいつら本当に自重してほしい。

「んっふー！　これはまた同志ゴメリ好みのエピソードね！　ネフィは？　そのときネフ

ィはどんな格好してたの？　詳《くわ》しく聞かせてくれるわよね？」

「ひうっ？　わ、わたしですか？　わたしはその……」

もじもじと両手の人差し指を絡め、ネフィはまんざらでもなさそうに口を開いた。

「ザガンさまの、お召《め》し物《もの》を……」


後半は消え入るような声でごにょごにょと囁《ささや》いたにも拘《かか》わらず、マニュエラは猛禽《もうきん》のように瞳《ひとみ》を輝《かがや》かせた。

「彼《かれ》シャツきたー！　どうしてそこに私を呼んでくれなかったの？　最高のコーディネートをしてあげたのにぃ！」

頭を抱《かか》えて絶望するマニュエラに、クーがぼそっとつぶやく。

（いや、チーフ殿がいなかったから羽を伸《の》ばせたんじゃないですか？）

「クー？　午後の接客はマイクロビキニでやってみる？」

「チーフ殿！　クーは従順であります！　なにも申しておりません！」

哀《あわ》れな狐獣人の少女は涙を浮かべて命乞《いのちご》いをした。

それで我に返ったのか、ネフィがコホンと咳払いをする。

「い、いまはザガンさまのお洋服ですよ、マニュエラさん」

「はいはい。んー、ネフィ的にはスリムな服装をさせてみたいのかしら？」

「そういうわけではありませんが……いえ、そうなのでしょうか。ザガンさまはその、スタイルも綺麗《きれい》ですし」

　なんというか、目の前で自分のことを話しているのを聞くというのは、体のあちこちがむずむずするような感覚だった。

　――嬉《うれ》しいか嬉しくないかで言えば嬉しいわけだが、なんだこの恥ずかしいような気持ちは……！

　ネフィも言っていて恥ずかしくなったのか、赤くなった頬を両手で覆う。

　そんな姿にザガンも胸を押《お》さえてうずくまりそうになった。

　一方、恥じらうネフィの姿を至近距離で堪能《たんのう》したマニュエラは、存外に真面目な表情で頷《うなず》く。

「なるほどねえ。でも、似合うものというのも大切だけれど、ネフィはどんなふうに街を歩きたい？　そのとき、どんな格好をしていてほしいかしら」

「どんなふうに歩くか……ですか？」

　どこまでも真剣《しんけん》な表情でうつむくと、耳の先をピンと跳ね上げてネフィは答えた。

「街の人たちみたいな格好で歩いてみたいです！」

意外と言えば意外な答えに、ザガンも目を丸くした。

──確かに、街の普通の住人みたいな服は、ネフィにも着せたことがなかったな。

もちろん、ザガン自身もだ。

ネフィに粗末《そまつ》な服を着せるわけにはいかないと思うあまり、ついついドレスや上等なシャツなどばかりを選んでしまっていた。貴族あたりなら一般的《いっぱんてき》かもしれないが、普通の街の人間が着るような服ではない。

──だが、普通の住人が着るような服とは、いったいどんなものだ？

今日だって何度もすれ違《ちが》っているはずなのだが、どうにもイメージがぼんやりしていてこれといった形にまとまらない。

いや、特徴《とくちょう》がないから普通の服なのだろうか。

普段、ネフィと歩くときはネフィしか見ていないし、ひとりのときは周囲の人間など気にも留《と》めていない。その結果なのだが、ザガンはそんな自分の習性を理解していなかった。

悩《なや》むザガンをよそに、マニュエラは納得《なっとく》したように頷く。

「うん。だいたいわかったわ。今日のコンセプトは〝普通の私服〟ってところね」

「「〝普通の私服〟？」」

ザガンとネフィは思わず首を傾げるが、しかし確かに的を射た言葉だった。

「言われてみれば、普通の服……というのか、そういったものは持っていなかったな」

「はい。盲点《もうてん》でしたね」

浮浪児《ふろう》時代は服と呼ぶのも烏滸《おこ》がましいようなぼろきれをまとっていたし、人から奪《うば》ったり拾ったりしたものも大抵《たいてい》は破れていたり汚《よご》れていたりで、まあ〝普通の人〟は着ようとは思わないようなものばかりだった。

なるほど、こうして考えても思い浮かばないくらいには馴染みのないものだった。

頷いている間に、マニュエラは男物の上下ひと揃えを持ってくる。

「さあ、ひとまずこれなんかどうかしら？　試着してみてちょうだい」

勝手に着せ替えされる――恐ろしいことにこの翼人族の女は魔術師《まじゅつし》でもないのに〈魔《ま》王《おう》〉のザガンすら知覚できない早着替《はやきが》えをさせることができる――と思いきや、試着室に通されてしまった。なにを企《たくら》んでいるのだろうか？

「いってらっしゃいませ、ザガンさま」

「う、うむ。行ってくる」

期待の目を向けるネフィに見送られ、ザガンは試着室に足を踏《ふ》み入れる。

人ひとりが立って入るだけの空間である。正面には大きな姿鏡が飾《かざ》られており、壁《かべ》には服をかけるためのフックやハンガーなどが備えられてある。

ザガンはマントとローブを脱いで壁にかける。

これらはザガンの要塞であるがゆえに、他人が触《さわ》れば手痛い罠《わな》が発動する。まあ、マニュエラなら大丈夫そうではあるが、一応触れられないように魔術で結界を張っておく。〈魔王〉が一般人の中に紛《まぎ》れて遊ぶには、相応の努力と配慮《はいりょ》が必要なのだ。

シャツを脱ぎ、上裸になって試着用の服に袖《そで》を通して、ザガンは動きを止めた。

「む……？　これは、どうやって使うのだ？」

マニュエラから渡《わた》されたのは飾り気のないシャツとズボン、袖のない上着——確かベストというものだ——にジャケット。これらはまあわかるのだが、使い方のわからない紐状《ひもじょう》のものが二本もあった。

片方は伸縮性《しんしゅくせい》があって先端《せんたん》に金具が取り付けられている。これでなにかを挟《はさ》むのだろうとは思うが、なにを挟めばよいのか。

もう一本の方は両端《りょうたん》で太さが違うのだが、それ以外にまったく特徴がない。なんに使うのかさっぱりわからない。

唸《うな》っていると、外からネフィが心配そうな声をかけてくる。

「ザガンさま、どうかなさいましたか？」

「うむ。問題というか、どう使えばいいのかわからんものがいくつかあるのだ」

「まあ……」

（あらあら大変ね。ネフィ、ちょっといいかしら……）

外でマニュエラがネフィに何事かを囁いたのがわかった。

――ネフィに変なことを吹《ふ》き込まないでもらいたいのだが……。

一抹の不安に駆られていると、外からマニュエラの声が響《ひび》く。

「――じゃあ、そんな感じでがんばってみなさい！」

「は、はい」

それから深呼吸でもするような吐息《といき》が聞こえたかと思うと、ネフィが声を上げる。

「ザ、ザガンさま、失礼します」

そう前置くと、ネフィは試着室のカーテンを開けた。

「……」

「…………」

視線が交わったまま、ネフィは硬直する。

「…………ひゃっ」

ややあって、ネフィは小さな悲鳴を上げてカーテンを閉めた。

「だ、大丈夫かネフィ？」

「も、もももも申し訳ありません。お着替えの最中でしたよね」

言われてみれば、ザガンはシャツを羽織っただけでボタンも留めていなかった。どうやらネフィはそれを見て動揺してしまったらしい。

「見られて困るものでもないだろう」

「……わたしが困ります」

とはいえ、このままカーテン越《ご》しに話しても仕方がないのだ。ネフィは意を決したようにもう一度声を上げる。

「ザガンさま、開けますよ」

「ああ」

恥じらうネフィを眺めていたかったが、いじわるをしたいわけではないのだ。ザガンは簡単にシャツのボタンを留めてから答える。

ネフィは恐る恐る隙間《すきま》程度にカーテンを開けると、そこからすぽっと顔を出す。カーテンに包まれて顔だけを覗《のぞ》かせるその姿は、ふわりと膨《ふく》らむ白い髪《かみ》も相まってふわもこに埋《う》もれるネフィといった様子だった。気が遠くなりそうな愛らしさに目眩《めまい》を覚えながらも、ザガンは毅然《きぜん》として踏み留まった。

「手間をかけてすまんな。これなんだが、どう使えばいいかわかるか？」

「ふわぁ……」

ザガンが動揺している間も、ネフィはなにやら珍《めずら》しいものでも見たように口を半分開いて感嘆《かんたん》の吐息をもらしていた。

どうやらシャツとズボンというザガンの格好に注目しているようだが。

――そういえばネフィの前でこんな格好したことなかったな。

ラフな格好とでもいうのだろうか。普段はローブやマントで装備を固めているか、希に貴族のようなきちんとした服装をしているかのどちらかだ。

だらしないようで恥ずかしいのだが、ネフィは食い入るように見つめてきた。

そんなネフィを眺めているのも悪くないのだが、こうもまじまじと見つめられるとなんだか恥ずかしい。さすがに羞恥心がこみ上げてきて、ザガンはもう一度声をかける。

「……ああっと、ネフィ？」

「――はっ、はいなんでしょう？」

「いや、これなんだが」

ザガンが二本の紐《ひも》を見せると、ネフィはすぐに頷いた。

「これでしたら、ネクタイとズボン吊り《サスペンダー》でございますね」

「む？　これもタイなのか？」

タイ自体はザガンも知っている。だがザガンが使ったことがあるものは、スカーフ状のものやリボンタイだった。こんな紐状のものは初めて見るものだった。

「一般《いっぱん》の方がおつけになるのは、こういったものだそうですよ？」

「ふむ、なるほど……。やはり〝普通〟というものは難しいな。知らないことばかりだ」

「ふふふ、わたしも少し緊張します」

ふにゃりと微笑《ほほえ》むネフィにつられて、ザガンも思わず笑《え》みをこぼす。

――次はネフィの〝普通〟の服も見せてもらうのだからな！

ザガンがちゃんとした〝普通〟の格好に着替えたら、次はネフィである。

それから、もう一方の紐の存在を思い出す。

「こっちはどう使うのだ？　サスペンダーとは聞き慣れぬ名前だが」

「これもベルトの一種で、ズボンが落ちないように吊《つ》り上げるための道具だそうです。先端のハサミでズボンを固定して、紐を肩にかけて使うようですね」

ザガンが知るベルトというものは腰《こし》に巻くものだ。サイズが合わなければ魔術で調整するなり固定するなりしてしまうため、触れる機会のないものだった。

ネフィも実物にお目にかかるのは初めてのようで、興味深そうに紐を眺めながら言う。

ザガンは鏡で背中を確認《かくにん》しながら、サスペンダーとやらの位置を調整してズボンを固定してみる。どうにも収まりが悪いような気がして落ち着かないが、普通の人間はこういったものを使うらしい。

それからネクタイを手に取るが、そこでまた動きが止まってしまう。

——むう、ネクタイというのはわかったが、どう巻くのだ？

リボン状に結ぶにしては形状が不適切だし、スカーフのように結ぶのもゴワゴワして難しい初めて見るものゆえ、巻いた状態というものが思い浮《う》かばなかった。

ザガンが首を捻《ひね》っていると、ネフィが声を上げる。

「あの、よろしければわたしがお巻きしましょうか？」

「わかるのか？」

「はい。先ほどマニュエラさんが教えてくださいましたから」

その言葉でザガンも気付いた。

——マニュエラめ。わざと俺《おれ》が使い方がわからんようなものを用意したな？

それでネフィが試着室を覗かざるを得ないように仕向けたらしい。まあ、ネフィが喜んでくれているから別にいいが。

ザガンは素直《すなお》にネクタイを渡す。

「では、頼《たの》もうか」

「はい！」

このとき、ザガンは深く考えていなかった。

ネクタイをネフィに巻いてもらうということが、どういう行為《こうい》なのか。

「で、では失礼いたします」

さすがに外からやるには無理があるようで、ネフィは試着室の中へと入ってくる。

――なんだろう。いけないことでも始めるような気分だ。

狭《せま》い部屋にネフィとふたりというだけで、なんだかドキドキしてしまう。

ネフィはザガンの首にネクタイをかけようと背伸《せの》びをする。ザガンもネフィがかけやすいように軽く頭を下げる。

そこで、ふたりは互いの距離に気付いてしまった。

顔と顔が触れてしまいそうな距離。ネフィが腕《うで》を伸ばしていたこともあり、半ば抱《だ》き合うような姿勢になっている。試着室という、ふたりで入るには狭すぎる空間なのも背徳感を醸《かも》し出していた。

ほのかに香《かお》る花のようなにおい。春先を意識してか、甘《あま》くもさわやかな香りが鼻をくすぐった。

夢でも見るような気持ちで真っ白なまつげが長くて可愛いとか思っていると、ネフィの顔が見る見る赤く染まる。

（ほ、ほわあああああああっ？）

（は、はわあああああああっ？）

なんだか大きな声を出してはいけないような気がして、お互い小声で悲鳴を上げる。

「――あっ」

「ネフィ！」

動揺のあまりネフィが仰向《あおむ》けに転びそうになり、ザガンは咄嗟《とっさ》にその背中を支える。

今度こそ、ザガンはネフィを抱きしめる形になってしまった。

ばくんばくんと心臓が高鳴る。腕の中のネフィからも、トクトクと早鐘《はやがね》を打つ心臓の音が感じられた。

互いにうろたえながらも、ザガンはネフィを抱き止めた腕にそっと力を込《こ》める。

ネフィは驚いたように一瞬《いっしゅん》身を強張《こわば》らせるが、次の瞬間《しゅんかん》にはそのままザガンの胸に頭を預けるように寄りかかる。

沈黙《ちんもく》。

このまま時間が止まってしまえばいいのにと、魔術師らしくもないことを考えているとネフィが恥ずかしそうに笑った。

「……ふふふ、なんだかこういうのも、久しぶりですね」

「そ、そうだな。こういう狭い空間というのも、悪くないのかもしれん」

今度こんな感じの隠し部屋を城に作ってみてもいいかもしれない。……いや、作っても今度は入るのが恥ずかしくて結局使わないような気がするが。

そんなことを考えると、ネフィはザガンを見上げる。

「ザガンさま、そろそろネクタイを結びませんか?」

「むう……。まあ、そうだな」

もう少しこのままでいたいところではあったが、ここは試着室なのだ。あまり長い時間ふたりで入っていると、マニュエラからどんな邪推《じゃすい》を受けるかわからない。

邪推もなにもだもだしていることを言い当てられるだけなのだが、ザガンはそうは考えなかった。

名残惜《なごりお》しく腕の中からネフィを離《はな》す。ネクタイは首にかかったままなので、ネフィはそれを整えるように握る。

シャツの襟《えり》の下にネクタイを挟み、胸の前で長さを揃《そろ》える。どうやら太い方を長く持つもののようで、細い方の倍ほどの長さにすると器用に結び始めた。

――なんだろう。恥ずかしいようなもどかしいような、よくわからん気持ちだ。

好きな女の子に身なりを整えてもらうというのは、男として恥ずかしいような気がするのに、新婚夫婦《しんこんふうふ》にでもなったかのようで形容しがたい高揚《こうよう》も覚える。

未知なる感情を堪《こら》えるように天井《てんじょう》を仰《あお》いで、それからちらりとネフィの顔を見つめる。

「…………」

どうやらネフィの方も恥ずかしくないわけではないようで、尖《とが》った耳が根元から先まで真っ赤になっていた。

ややあって、ネクタイを結び終えたようだ。襟元《えりもと》まで締められるのは若干《じゃっかん》息苦しくはあったが、普段《ふだん》のローブと違って新鮮《しんせん》な気持ちもした。

「ど、どうでしょうか？」

「う、うむ。悪くないと思う」

実際問題、正しいネクタイの結び方など知らないが、ネフィが結んでくれたのに嫌《いや》な気持ちがするはずもない。

ザガンが頷いて返すと、ネフィもふにゃりと微笑んだ。

「お似合いですよ、ザガンさま」

「ふむ。自分ではよくわからんが、ネフィがそう言うのならそうなのだろうな」

姿鏡で確かめながらそう答えると、ネフィはなにやら慌《あわ》てたように視線を逸《そ》らした。

「で、では、わたしは外で待っていますね！」

「そ、そうか？　俺はここにいてもらってかまわんのだが……」

ネフィは恥じ入るように両手の人差し指を絡め、どこか批難がましくザガンを見上げた。

「その、ネクタイをお結びするのもなんだかいけないことをしている気分だったのに、これ以上はわたしの心臓が耐《た》えられそうにありません」

「……なるほど。それに関しては同感だな」

仮に逆の立場――ネフィの着替え中にザガンが入るような事態――になれば、ザガンは立ったまま絶命するかもしれない。これ以上の無理強《むりじ》いは酷《こく》というものだろう。

そんなんだから未《いま》だに手を繋《つな》ぐだけであっぷあっぷしているのだが、ここにそれを指摘してくれる者はいなかった。

ネフィが試着室を出て行くのを、ザガンは弛《ゆる》みきった表情で見送った。

「………」

試着室にひとりになると、ザガンはゆるりと両腕《りょううで》を掲《かか》げ、一分の無駄《むだ》もない動きで――顔を覆《おお》った。

（ああああああああああああああああああああっ）

ふたりきりで密着してしまった気恥《きは》ずかしさや、それでもネクタイを結んでもらったりした嬉しさや他にも自分で説明のできないような感情がこみ上げ、ザガンは乙女《おとめ》のようにうずくまって心の中で絶叫《ぜっきょう》した。

ちなみに、カーテン一枚隔《へだ》てた試着室の外側でネフィが同じような事態に陥《おちい》っていたのだが、幸か不幸かザガンが気付くことはなかった。

四

「――ど、どうだろうか？」

数分後。なんとか正気に戻《もど》ったザガンは着替えを終えて試着室を出た。

シャツの上にはカーキ色のジャケットが追加されている。ズボンはジャケットと同じ色で、内側のベストはそれよりもやや暗い色。ネフィに結んでもらったネクタイは格子柄だった。

　ネフィは紺碧《こんぺき》の瞳を輝かせて頷く。

「大変お似合いです！」

「そ、そうなのか？　こういった格好は初めてだからな。善《よ》し悪《あ》しがよくわからんが」

「ザガンさまの銀色の瞳に合わせて整えられたんだと思います。落ち着いた印象で、でもとてもスマートで素敵《すてき》です」

　真《ま》っ直《す》ぐな褒《ほ》め言葉《ことば》にザガンは鼻白むことしかできなかった。

　そこにマニュエラが戻ってくる。

「うんうん。私の見立てに間違《まちが》いはなかったでしょ？」

　満足そうに頷きながら、ザガンに顔を近づけそっと耳打ちのように囁く。

（試着室ではお楽しみだったみたいね？）

「やかましい！」

　邪険《じゃけん》に追い払《はら》うと、マニュエラは翠《みどり》の翼を羽ばたかせて宙に逃《に》げる。

「あは、冗談《じょうだん》よ。それより仕上げにこれをかぶってみて？」

　そう言って放ってよこされたのは、緑がかった黒の紳士帽《しんしぼう》だった。

「帽子か？　街でもあまりかぶっている者を見た覚えはないが」

いや、いたのかもしれないが少なかったように思う。

「あら、デート中の紳士《しんし》には必要なものよ？」

「ぐぬ……」

そう言われると断れない。ただでさえデートなのに身なりも気にせず出てきてしまったのだから。

仕方なく、紳士帽をかぶってみる。

「ふむ……。これでいいのか？」

よく考えたら帽子をかぶるのも初めてだった。ローブのフードとは違い、なんというか安定感がなくて落ち着かない。

なのだが、ネフィは感極《かんきわ》まったように胸の前で両手を組み、ツンと尖った耳を震わせた。

「素敵です！」

「でしょ？」

満足そうに頷くふたりの後ろで、なにやらクーまでもが神妙《しんみょう》な表情をする。

（ザガンさん、磨《みが》けば光るんだなあ。普段からそういう格好してればネフィさん喜ぶだろうに……）

あの狐《きつね》、最近少し生意気になったのではないだろうか。

それはともかく、身だしなみに関しては一度真面目《まじめ》に考え直した方がいいのは事実かもしれない。ザガンは改めてマニュエラに目を向ける。

「しかし珍しいことがあるものだな。貴様が客をおもちゃにせず真面目に仕事をするとは」

この女が絡《から》んでいるのだ。てっきりまたおもちゃにされるものと覚悟《かくご》していたのだが。

当然の疑問に、マニュエラは仕方なさそうに苦笑《くしょう》した。

「いや、さすがに今日のザガンさんをおもちゃにしたらネフィが怒《おこ》るってことくらい、私でもわかるわよ？　同志ゴメリなら踏み込むかもしれないけど、私はネフィに怒られるのだけは嫌だもの」

「そ、そんなことはありませんよ……？」

珍しくネフィが視線を宙に泳がせるが、ザガンは感じ入って頷いた。

「そうか。貴様が身の危険を覚えるほど、ネフィは真剣に考えてくれているのだな」

この気持ちに応《こた》えてやれずに、なにが〈魔王〉か。

「うんうん、さすがねザガンさん。ここで惚気《のろけ》を返すあたり、同志ゴメリが見惚《みほ》れた才能だわ」

「なんだか知らんが、俺はただネフィを大切にしているだけだ」

褒められているのかおちょくられているのかわからない言葉だったが、ザガンは賢明《けんめい》にも追求しないことにした。

「あうぅ……」

その隣《となり》で、ネフィが羞恥心《しゅうちしん》に耐えかねたように顔を覆っていたが。

ひとまず新しい服装はネフィも気に入ってくれたようで、ザガンが口を開こうとしたときだった。

マニュエラがまたしてもニマッと笑みを浮かべた。

「――じゃあ、次はこっちの服なんてどうかしら？」

「おい待て。なぜ次があるのだ」

次にマニュエラが取り出したのは、厚手のシャツとゆったりしたデザインのズボンだった。いまの服装に比べてずいぶんだらしなく見えるのだが……。

――まあ、さすがにネフィが止めてくれるかな……。

だがしかし、ザガンは気付いていなかった。

いまのネフィが、普段からは考えられないほどテンションが上がっていることに。

「はい！　是非《ぜひ》見てみたいです！」

「んんんっ？」

ネフィは無邪気《むじゃき》に瞳を輝かせ、ぴょんとジャンプまでして喜んでいた。

――ああ……。そういえば今日のデートは出だしからテンションがおかしかったものな。

そこに〝ザガンの着せ替《か》え〟という状況で、ネフィも興奮状態にあるようだ。なんでも着ると言った手前、ザガンも断れない。

――ネフィが可愛《かわい》いから、まあいいか。

こんなネフィの顔を見られるなら、着せ替え人形になるくらい安いものだ。

「……ああっと、じゃあ、着替えてくる」

ザガンはマニュエラから次の服を受け取り、しばらくはおもちゃになることを受け入れるのだった。

五

一刻後。結局ザガンは最初のカーキ色のジャケット上下に着替えていた。

あれから五、六着ほど着替えたところでようやくネフィも我に返ったらしい。

「申し訳ありません、ザガンさま。つい我を忘れてしまって……」

「いや、かまわんさ。そんなふうに喜んでいるネフィは初めて見た気がする」

「はうぅ……」

正直、あんなに着替えをさせられるとは思わなかったが、新しい服を見せるたびにネフィが喜んでくれるのは悪い気がしなかった。

顔まで真っ赤にするネフィに微笑み返していると、マニュエラがネフィに向き直る。

「じゃあ、次はネフィの服ね。ザガンさんはどういうのを着て欲《ほ》しいわけ？」

「む、そうだな……。春だし明るい色の服がよい気がする。あとせっかく〝普通の私服〟なのだから、普段のネフィがあまり着ていないような色が見てみたいな」

そう答えると、マニュエラは意外そうに目を丸くした。

「……なんだ？」

「いや、思ったよりずいぶん具体的な注文が来たから驚《おどろ》いたわ」

「ネフィの服なのだぞ。いい加減なことが言えるか！」

「はいはい」

肩を竦《すく》めて苦笑を返すと、マニュエラはすぐに棚《たな》からいくつかの服を持ってくる。

「ザガンさんの注文ならこんな取り合わせはどう？　ネフィは青系やモノトーンの服はよく着てるんだけど、グリーンってあまり着せてないのよね。せいぜいあなたたちがリュカオーンに旅行に行ったときの一回くらいかしら？」

ザガンが小さくなってしまったときの話だ。正直、あまり思い出したくはないが、さすがはマニュエラというべきか、当時の服装まできちんと覚えているらしい。

掲げられたのはワンピースとカーディガンだった。

カーディガンはボタンのない部類のもので、色もザガンのジャケットと合わせたようだ。カーキ色より明るいベージュで、その下に合わせるワンピースは森のように深い緑。シャツは黒で首元まで襟のあるものの組み合わせだ。

なるほどネフィの白髪《はくはつ》が映《は》えるだろう、よい色に思えた。

「どうだネフィ？」

「はい。ええっと、わたしも着替えないとダメですよね……？」

「期待している」

グッと拳《こぶし》を握《にぎ》って答えると、ネフィは観念したように試着室へと入っていった。

どんなネフィになるのか心を躍《おど》らせていると、マニュエラがなにか堪えられなくなったようにつぶやく。

「はあ、はあ、あのさザガンさん。私、やっぱりこういうイベントは、サプライズが重要だと思うのよね。どんな服を着てくるかわからない方がワクワクしない？」

「言っていることはもっともだが、貴様が言葉通りの行動をするとは思っていない」

「そんな！ 私のこと、もう少し信用してくれてもいいんじゃないかしら。ほら、この目を見て？」

「欲望に支配されて濁《にご》った目だ」

率直《そっちょく》な意見を返すと、とうとうマニュエラは頭を抱えて叫《さけ》びだした。

「ああああっせっかくこんなおもしろいおもちゃが入ってきたのに普通の接客しろとかどんな拷問《ごうもん》よ！」

「貴様、少しは本音を包《つつ》み隠《かく》せ。さっきも余計なことをしただろうが」

「あんなのただのジャブじゃない！ 私はもっと恥《は》ずかしい格好をしてしどろもどろになってるあんたたちが見たいのよ！」

この女、最低である。これにはザガンも閉口した。

そんなことを言い合っているうちに、試着室のカーテンが開いた。

「あの、騒《さわ》がしいですけど、大丈夫《だいじょうぶ》ですか？」

出てきたネフィは困惑顔《こんわくがお》だったが、その姿を見てザガンは思わず感嘆の吐息をもらした。

ネフィもほのかに頬《ほお》を赤くしながら、その場でくるりと回って見せる。濃緑《のうりょく》のワンピースがふわりと広がって、夢のようだった。

「ど、どうでしょうか……？」

「う、うむ……！」

そのまま抱きしめたい衝動《しょうどう》を堪え、極力平静を取り繕《つくろ》ってザガンは頷く。

「これは……！　普段の侍女《じじょ》姿ともよそ行きのドレス姿とも違って、なんとも新鮮だ。素朴《そぼく》な取り合わせゆえに、ネフィ本来の愛らしさと可憐《かれん》さが存分に引き立てられている。マニュエラめ、真面目に仕事をやればできるのになぜ普段からせんのだ」

――ふむ、上手《うま》く言葉にできんが、とても似合っているぞ。

お互《たが》いの服を選ぶというこの状況《じょうきょう》で興奮状態にあるのは、ザガンも同じだった。微塵《みじん》も動揺《どうよう》を隠せていない〈魔王〉は本音と建て前を綺麗に取り違えた。

感動に胸を高鳴らせていると、なぜか隣でマニュエラががっくりと膝《ひざ》を突《つ》いた。

「あああああっ、こっそりおもしろい服に入れ替えておけばよかった！　綺麗にまとまりすぎてもういじれない！　もっと着せ替えしたかったのにぃっ！」

「貴様、本当に最低だな。これだけ綺麗なネフィが見られたのになにが不服だ」

通りすがりのクーが『え、そこ？』みたいな顔をしたが、マニュエラは口惜《くちお》しそうにダンと床《ゆか》を叩《たた》く。

「綺麗に仕上げちゃったらそれでお終《しま》いでしょ？　私はもっと順に可愛くしたかったの！」

「……なるほど、それは確かに見たかったかもしれん」

「おふたりとも、その辺にしてください！」

耐えられなくなったようで、ネフィは顔を覆ってうずくまってしまった。

もう少しいろんな服装のネフィを見てみたい気はしたが、この状態のネフィ……とマニュエラを見るとそろそろ引《ひ》き際《ぎわ》なのかもしれない。

ザガンはネフィに手を差し出し、立ち上がらせる。

「では、その服で大丈夫か？」

「は、はい。その、わたしもこういった服は初めてなので、自分ではよくわかりませんが、とても気に入りました」

「うむ。俺も気に入った。ではこれで決めるとするか」

結局マニュエラに選んでもらってしまったが、今回はちゃんと注文を聞いてもらえたのでお互いの要望通りの服を見つけることができた。意地を張って自分たちだけで選ぶよりはずっとよい結果になったと思う。

そうして会計を済ませ、店を出ようとすると再びマニュエラが待ったの声を上げた。

「ちょっと待ちなさい。ふたりとも、今日はデートなんでしょう？」

「う、うむ。そうだが」

改めてデートと言われると恥ずかしいのだ。ザガンとネフィはにわかに挙動不審《きょどうふしん》になりながらも頷《うなず》く。

「最後にひとつだけアドバイスをしてあげるわ。……その前に、あんたたち手を繋ぐくらいはできるようになったのよね？」

「馬鹿《ばか》にするな。ここに来るまでだって、ちゃんと……なあ？」

「はう？　えっと……はい」

そわそわと視線をそらすふたりに、マニュエラはため息をもらす。

「まあ、あんたたちはそれでいいのかもしれないけどね……」

それから、仕方なさそうに言う。

「お姉さんが恋人《こいびと》同士の手の繋ぎ方ってのを教えてあげるわ」

「「――っ、恋人同士の、手の繋ぎ方っ？」」

まさかそんなものが存在するとは思わず、ザガンとネフィは動揺の声を上げた。

――だが待て。マニュエラだからな。また変なことを吹き込むつもりじゃ……。

警戒《けいかい》するザガンをよそに、マニュエラはパッと手を開いてみせる。

「はい、まずお互い繋ぐ方の手の指を開いて」

「こ、こうですか？」

言われるままにネフィがやってみせたため、ザガンもつい釣《つ》られて手を開いてしまう。

「じゃあ、次はその手を手の平で重ねる」

「ふむ、こうか？」

ザガンは左手、ネフィは右手を裏返すようにして合わせる。

「それじゃあ歩き難《にく》いでしょ。こう、腕を絡めるように……そうそう」

手の位置を修正されると腕を組むかのようになってしまい、すでにこの密着具合でザガンの心臓はバクバクと鳴ってしまっている。

マニュエラはそれを畳《たた》みかけるように言う。

「じゃあ、そのままお互いの手をギュッと握る」

言われた通りに握ってみると、ネフィの指もザガンの手に絡みつくように握られた。

「「こ、これは……！」」

ふたりは驚愕《きょうがく》の声を上げた。

普通《ふつう》に手を繋いだときとは明らかに異なる密着感。単に手の平だけでなく、指まで含《ふく》めた全《すべ》てがくっついているのだ。互いの距離《きより》が近くなるどころの話ではない。

――これは、一体感？

自分の指の間にネフィの指があり、下手に力を入れれば傷つけてしまいそうで、しかし力を緩《ゆる》めると手を離そうとしているように感じてしまう。そんな小さな加減や葛藤《かっとう》さえも全てがネフィに筒抜《つつぬ》けのようで、ネフィが緊張《きんちょう》して震《ふる》えていることもあますことなく伝わってくる。

ついには膨大《ぼうだい》な魔力《まりょく》が噴《ふ》き出し、ふたりの繋ぐ手を中心に強大な力の渦《うず》が発生する。

……まあ、気が動転した〈魔王〉とハイエルフの魔力と霊力《れいりょく》が暴走しているだけなのだが、ゴメリが見たら『こ、これは愛《め》で力《りょく》が力場を生み出しておる！』とか言って大騒《おおさわ》ぎしそうな光景だった。

魔術も魔法も使っていない。そのはずだ。

にも拘《かか》わらず、こんなにも互いを感じられるものなのか。それも手の握り方ひとつで。

「こ、これはいったい、どういうことだ？　貴様、なにか魔術を使ったのか？」

ザガンが戦《おのの》いていると、マニュエラがビシッと指をさして言う。

「これが〝恋人繋《こいびとつな》ぎ〟ってものよ。覚えておきなさい」

渾身《こんしん》のドヤ顔に、しかしザガンは感服させられてしまった。

「ぬうぅっ、見事だ。世界は広い。よもやこんな手の繋ぎ方があろうとは……！」

「あ、あの、あのっ、このまま、外を歩くんですか？」

真っ赤になって動揺するネフィに、マニュエラは満ち足りた笑顔《えがお》で小さく頷いた。

「私にしてあげられるのは、ここまでよ。あとはふたりで楽しんでらっしゃい」

果たしていまの自分たちがまともに歩くことができるのだろうか。

一瞬こみ上げた弱音を振《ふ》り払うように、ザガンは頭を振った。

――ここで臆《おく》するなど、それでも男かザガン！

心の中で己《おのれ》を叱咤《しった》し、ザガンは勇敢《ゆうかん》にも立ち上がった。そしてマニュエラをふり返る。

「貴様のことを誤解していたようだ。礼を言わせてくれ」

「いいのよ。私はただ、ネフィに幸せになってほしいだけなんだから」

微笑《びしょう》を返し、ザガンはネフィと共に街へと足を踏《ふ》み出した。

（チーフ殿《どの》、あの人たち大丈夫なんですか……？　手を繋いだだけであんな騒いでましたけど……）

（さあ……？　まあ、おもしろかったし、いいんじゃない？）

後ろで囁《ささや》かれたそんな声は、ザガンの耳には届かなかった。

六

マニュエラの店ではしゃぎすぎたこともあって、外に出るとすでに空は赤くなり始めていた。これから街を回るとなると、行ける場所は多くない。

最初に街に出たときよりもさらにギクシャクした様子で、ザガンとネフィは繁華《はんか》街《がい》を歩いていた。

──駄目《だめ》だ。緊張してまったく頭が回らん。

魔術で脳内のドーパミンを制御《せいぎょ》しても心臓の高鳴りが止められない。というか手に汗《あせ》まで滲《にじ》んできてしまい、このまま手を繋いでいてもいいのかという問題まで発生する。

だがしかし、ここで手を離してしまったら次はもう恥ずかしくてできない気がする。

それはネフィも同じなのだろう。

真っ赤になった耳の先を震わせながらも、決してこの手は離さないと言わんばかりにしっかりと握り絞《し》めている。

ほっそりとしてやわらかい手に包まれて、それだけでザガンは天に召《め》されそうである。

「こ、ここここれから、どこへ行こうか！」

「そ、そそそそうですね！　ええと、ええっと……！」

緊張も相まってか、ふたりのお腹《なか》は同時にきゅうと鳴った。

猛烈《もうれつ》な気恥ずかしさはあったものの、思わず力が抜《ぬ》けるような音でザガンは肩《かた》から力が抜けるのを感じた。

「そういえば、昼食を食べていなかったな」

「ふふ、本当ですね」

どうやら目的地は決まったようだ。

とはいえ、あまりこの時間に食べ過ぎると、せっかくフォルやラーファエルたちが用意してくれた晩餐《ばんさん》を味わえなくなってしまう。腹に入れるのと味わうのは別なのだから。

なにか軽いものと考えて、この通りに野外席のある軽食屋があったことを思い出す。

甘いものが売りの、若者向けの店だ。

いつぞやか、シアカーン配下の双子《ふたご》とネフテロスが出会った場所でもある。そちらに足を向けてみると、今度は周囲を見るくらいには気持ちの余裕《よゆう》を持つことができた。

「……ふむ。俺と同じような格好をしている者はいないが、これは本当に〝普通の私服〟

なのか？」

まあ、貴族が着るようなものでないことくらいは、ぼんやり理解できるが。

疑問の声をもらすと、ネフィが思い出したように言う。

「マニュエラさんの話によると、ラジエルの方で流行《はや》りの服なんだそうです」

「ラジエルか。そういえばあちらは庶民《しょみん》でもそれなりに裕福《ゆうふく》そうではあったな」

それまでザガンが知る一番大きな街と言えばこのキュアノエイデスだったが、店先に並ぶ品物はラジエルの方が質がよかったように思う。通行人の衣服も高そうなシルクをあしらったものが多かった。

住民の生活水準が他よりも高いと言えるのだろう。まあ、聖都は教会信者巡礼《じゅんれい》の地でもあるため、見せ方がひと味違《ちが》うという理由もあるのだろうが。

——商売の街と都会の違いと言ったところか。

流行というものが都会で作り出されるものらしいことは、ザガンも最近になって学んだ。その流行をいち早く仕入れているあたり、やはりマニュエラの目利《めき》きは信頼《しんらい》に値《あたい》するのだろう。

ちなみにいくら服装を変えたところで、この街でザガンとネフィの顔は知られすぎている。そんなふたりが流行りの服を着て街を浮かれ歩いているのだから、それはもう周囲から注目されていたのだが、彼《かれ》らがそれを自覚することはなかった。

まあ、そもそも普段から〝じろじろ見られない〟という経験自体がほとんどないため、仕方がないのだろう。

そうして歩くうちに、目的の店にはすぐに到着《とうちゃく》してしまう。

なにやら店主が慌てた様子で現れ、貴賓席《きひんせき》のようなものを用意するとか言い出したが、ザガンは通路沿いの普通の席を所望《しょもう》した。今日は〝普通〟というものを楽しんでいるのだ。

席に着くとなると、手も離さなければならない。名残惜しく手を離してネフィと向かいの席に腰掛《こしか》けると、メニューが差し出された。

「さて、なにを頼んだものかな――んんっ」

「そうですね――あ」

同じメニューを覗《のぞ》き込もうとして、思わずネフィと頬が触《ふ》れ合ってしまった。

確認しなくてもネフィの耳が赤くなったのがわかる。自分の顔も同じような色になっているのだろう。隣の席に生クリームをたっぷり積んだスウィーツが運ばれてくるが、それを受け取った客はすでに胸焼けでもしそうな顔をしていた。

ザガンはしどろもどろになってパッと離れる。

「ああっと、すまん」

「い、いえ！　その、嫌だったわけでは……」

甘いものを注文しようとしていた奥《おく》の席の客が、堪《たま》らず苦いコーヒーに注文を変更《へんこう》した。

これ以上は甘味《かんみ》が売りの店なのに甘味が売れなくなると判断したのか、店主が素早《すばや》く現れメニューのひとつを示した。

「若いおふたりにはこちらのメニューをお勧《すす》めしております」

「ふむ。ならそれをもらおうか。ネフィもそれでいいか？」

「はい。お願いします」

店主が去っていくと、ネフィはハッとしたように頬を赤く染める。

「ど、どうしたのだ？」

「はうっ？　いえ、その……おそろいのものを、頼んでしまいましたね」

「んんんっ、まあ、そうだな！」

なんだろう。城なら同じ席で同じものを食べるのが当然だというのに、ここで同じものを頼むというのはなんだかいけないことでもしているような気分になった。

ここまで来ると、周囲の客もいっそ我慢《がまん》大会でもやっている気分になったのか、とびっきり甘いメニューを注文し出す挑戦者《ちょうせんしゃ》まで現れ始めていた。

そんな周囲の状況など気にも留《と》めず微笑《ほほえ》みあっていると、空気の読めない声が響《ひび》いた。

「はん、ずいぶんとご機嫌《きげん》だな、ザガンよう」

どこから現れたのか、ぬっと不健康そうな顔を現《あらわ》したのは悪友のバルバロスだった。

「ん？　なんだバルバロスか。珍《めずら》しいな、こんなところで会うとは」

普段なら即座《そくざ》に失《う》せろと睨《にら》み付けるか、そんな警告すらなく殴《なぐ》りつけるかのどちらかだろう。しかし久しぶりのデートで異様な興奮状態にあるザガンは、笑顔でそう対応した。

バルバロスが気味の悪いものでも見たかのように後退《あとずさ》るが、そこで眉《まゆ》をひそめる。

「んん……？　お前、なんだその格好……？」

怪訝《けげん》そうにザガンの頭の天辺《てっぺん》から足の先まで眺《なが》め、信じられないという声を上げる。

「はあん……？　おいおいおいおい、てめえもしかしてそりゃあ〝なんの変哲《へんてつ》もないただの服〟じゃねえのか……？」

ネフィと街を練り歩いているこの瞬間、ザガンは一切《いっさい》の魔術《まじゅつ》装備を手放し無防備な状態だと言えた。

バルバロスは仮にも元魔王候補の一角であり、ザガンと肩を並べうるほどの魔術師である。ザガンが非武装であることは、見ればわかることだった。

「こりゃいい！　いまのてめえなら――――」

瞬間、バルバロスの脳裏《のうり》をそれまでの人生が駆《か》け抜けた。

フォルが恋《こい》バナを聞きに来たせいでシャスティルが大変なポンコツと化した記憶《きおく》。悪友と共に迎《むか》え撃《う》った〈アザゼル〉と呼ばれる恐《おそ》るべき化け物との戦い。あの少女に似合う髪《かみ》飾《かざ》りを探した〈アーシエル・イメーラ〉の日。自分を差し置いて悪友が〈魔王〉へ至った屈辱《くつじょく》。嗚呼《ああ》、幼き日に初めて知った大人の女性の温《ぬく》もりは誰《だれ》のものだったろう。

瞬《また》く間《ま》に駆け抜けたそれらの記憶により、バルバロスは悟《さと》った。

――ああ、いまケンカを売ったらこいつは本当に自分を殺すだろう――と。

当然のことながら、ザガンは敵意を持っているわけでもなければバルバロスを殺そうと思ったわけでもない。むしろ上機嫌《じょうきげん》なので多少の非礼は笑って許すだろう。たとえこの男が相手であってもだ。

ただ〝恋人繋ぎ〟ひとつで多幸感に包まれた彼の頭からは、普段あるはずのたがが完全に外れてしまっていた。どれくらいの力で殴ったら相手が死ぬのかを忘れるくらいに。

ザガンは笑顔のまま首を傾《かし》げる。

「うん？　どうかしたのか、バルバロス？」

「あー……いや、なんでもねえ。仲良くやってくれ、おふたりさん」

「そうか？」

バルバロスはふり返ることなく去っていった。

これにはネフィも首を傾げる。

「バルバロスさま、どうなさったのでしょうか？」

「さあ……？　まあ、やつなりに空気を読んだのかもしれんな」

普段のザガンなら間違ってもそうは考えないが、ザガンはしみじみとつぶやいた。まあ、単純に興味がなかったからとも言えるが。

やがて、注文の品が運ばれてくる。

――そういえば、どんな品なのか確かめなかったな？

そうしてテーブルに置かれたものを見て、ザガンとネフィは目を見開いた。

「「こ、これは――！」」

テーブルに置かれたのは、二本のストローが刺《さ》さった大きなカップだった。

しかもハート型に曲がったストローである。カップにはフルーツで彩《いろど》られた生クリームが積まれているが、底の方にはドリンクが隠れているのだろう。

だが、そこに差し出されたスプーンも、同じく二本。

されどカップはひとつ。

かつてのザガンなら『なぜひとつなのだ？』などと間の抜けた質問を返していたところだろう。

だが、マニュエラやゴメリががんばって〝恋人らしいこと〟を教えてきた甲斐《かい》あって、これは恋人たちがいっしょに食べるものなのだと理解できた。

愛で力を唱え続けてきた彼女《かのじょ》たちの苦労が報《むく》われた瞬間《しゅんかん》である。

「ほわあああああっ」

「はわわわわわっ」

新たに舞《ま》い降《お》りた試練にたじろぐふたりだが、先に我に返ったのはネフィだった。

ハッと息を呑《の》むと、怖《お》ず怖ずとスプーンを一本手に取り、生クリームを掬《すく》い上げる。

そして、それをザガンの前に差し出した。

「ど、どうぞ、ザガンさま」

「ぬうぅっ？」

いわゆる〝あーん〟というものだった。

ただでさえひとつの器からふたりで食べるという事態に驚愕しているというのに、ネフィはそこからさらに踏み込《こ》んできた。

だがしかし、そこでザガンの胸にこみ上げたのは、恥ずかしさではなく懐《なつ》かしさだった。

――なんだか、初めてネフィと街に来たときを思い出すな。

あのころはまだ、ネフィはザガンのことを〝ご主人さま〟と呼んでいた。

まあ、だからと言って平然としていられるわけではないが、ザガンもバクバクと鳴る心臓を押《お》さえて口を開いた。

舌の上に、冷たくも甘《あま》いクリームが広がる。

「……美味《うま》いな」

「……はい」

それから、ネフィは囁くように訴《うった》える。

「ザガンさまは、なにもお命じにならないんですね」

いつかの言葉。やはりネフィも同じことを思ったらしい。ザガンはその意味がわかって、すぐに頷《うなず》いた。

「そうだな」

いつかと同じ返しに、ネフィもどこか懐かしそうにこう言った。

「ザガンさまは、わたしがザガンさまとずっといっしょにいたいと思うことを、お許しくださいますか？」

あのときと同じようでいて、あのときよりも明確な望み。

だからザガンも自然と返すことができた。

「許す。ずっと俺《おれ》といっしょにいてくれ」

ふたりは同時に笑い声を上げた。

もうすぐネフィと出会って一年になる。一年かけて、少しは自分も成長することができたのだろうか？

まあ、今日のデートを考えると進歩は遅《おそ》いように思うが、ネフィがいっしょに歩いてくれるのだ。焦《あせ》ることはないのだろう。

ただ、少しのんびりと過ごしすぎたようだ。

気が付いたらすっかり陽《ひ》が暮れてしまっていて、ふたり用パフェは結局ひと口しか食べられないまま、城に戻《もど》ることになってしまうのだった。

なお〈魔王〉が馬鹿《ばか》騒《さわ》ぎしたおかげか、問題のパフェは〝恋人同士で食べれば末永くいっしょにいられる〟という噂《うわさ》が流れ、店の売り上げに大きく貢献《こうけん》したという。

七

〈魔王〉がパフェを前にうろたえているころ、ザガンと別れたバルバロスは教会執務室《しつむしつ》にてぼうっと天井《てんじょう》を見上げていた。

時間が遅いこともあって、口やかましいダークエルフの少女やそのお付きの聖騎士の姿はない。いるのは執務机で残業にいそしむシャスティルだけである。

「なにかあったのか、バルバロス？」

「あー……。別に、だな」

せかせかと執務にいそしむシャスティルに、バルバロスは生返事をする。

「そうは見えないが……。私でよければ相談に乗るぞ？」

「バーカ。そういうことはてめえの面倒《めんどう》を見れるようになってから言え」

「自分の面倒はもちろん自分で見るが、あなたが困っているなら力になるくらいには、私は恩を感じているつもりだ」

「……うっせえ」

予期せぬ恥ずかしい言葉に、バルバロスは思わず顔を覆《おお》った。

シャスティルは慣れた調子で続ける。

「まあ、無理に話せとは言わないが、あまり変なことを抱《かか》え込むなよ？　あなたに限ってそんなことはないとは思うが」

「はん」

余計な気遣《きづか》いとほのかな皮肉に、バルバロスも苦笑を浮《う》かべられるくらいには気力が回復した。

ザガンの城に新たな〈魔王〉がふたりも訪《おとず》れていることは、バルバロスも摑《つか》んでいる。しかも片方は空間跳躍《ちょうやく》の覇者《はしゃ》《狭間猫《はざまねこ》》フルカスである。

ふたりもの〈魔王〉が関《かか》わる事件があったのは間違《まちが》いない。にも拘わらず、バルバロスはその概要《がいよう》をまったくと言っていいほど摑めていなかった。

――俺が感知できねえような、どこか異次元みてえな場所でなんかあったのか？

空間を操《あやつ》る魔術師として、これを認識《にんしき》できなかったのは屈辱である。

そのことを問い詰《つ》めようとザガンをつけ回していたというのに、なんであのふたりはなにもなかったように……いやそれどころか普段《ふだん》よりもいちゃいちゃしているのだろう。

腹に据《す》えかねて問い詰めに行ったら、今度は本当に殺されるところだった。

もう、なにもかも嫌《いや》になりそうな気持ちである。

と、それから問題のふたりを思い返す。

今日はいつもと違う格好で、まるで魔術師らしくなかった。なんというか〝普通の人間〟といった装いだ。

――ポンコツも、ああいう服とか着たりしねえのかな……。

この生真面目《きまじめ》な少女は自宅でも礼服か、貴族然とした堅苦《かたくる》しい格好しかしない。それ以外となるとせいぜい寝衣《しんい》くらいのものだが、そっちは逆に使い古したボロボロな品で、聖騎士長ならもう少しいいものを着ろとバルバロスでも心配になるようなものだ。

今日のふたりのような〝普通の格好〟をしているところも見てみたいような好奇心《こうきしん》が湧《わ》いてきた。

だいぶ量が少なくなった書類にペンを走らせるシャスティルに目を向ける。

「なあ、シャスティル」

「……?」

思わず〝ポンコツ〟ではなく名前を呼んでしまい、失敗したと顔を覆う。

シャスティルも名前で呼ばれたことで、ただ事ではないと感じたのだろう。ペンを止めて顔を上げる。

「うん」

そう答えると、シャスティルはなにも言わずに待ってくれる。

――あー、余計なこと言っちまった。

本当に面倒なことをしてしまった。こうなったシャスティルは、バルバロスが打ち明けるまで執務の手も動かさないだろう。

しかも向こうは嫌がらせのつもりではなく、バルバロスの心の整理がつくのを待ってくれているつもりなのだ。本当に余計なお世話である。

だが、原因を作ったのはバルバロスなのだ。

時計の秒針が二周ほどしたころ、ようやく口を開いてこう言った。

「あー……。お前さ、服とか、着るか？」

盛大に間違えた言葉に、シャスティルも自分の肩を抱《だ》いて後退《あとずさ》った。

「あ、あああああなたにはいまの私がどう見えていりゅのだっ？」

〝職務中〟の仮面は一撃《いちげき》で粉砕《ふんさい》され、そのまま椅子《いす》ごとひっくり返ってしまう。

「違っ、そうじゃねえ！」

「なにが違うのだっ？」

困惑《こんわく》とも羞恥《しゅうち》ともつかぬ悲鳴の声を上げるシャスティルに、バルバロスもカッとなって言い返す。

「お前いつも堅苦しい服しか着てねえから、もっと可愛《かわい》い服とか着ねえのかって聞いてんだよ！」

「え……？　かわ、いい……？」

シャスティルの顔が、それまでとは違う感情で赤く染まる。

「はーっ？　そんなこと言ってねえし！」

「い、言ったじゃないか！」

「服の話してんだよ！」

不毛な言い争いが、今日も執務室に響いていた。

「まったくあの連中、フォルや黒花《くろか》まで巻き込んで……。妙《みょう》なことを吹《ふ》き込んでいなければよいが」

時刻は多少前後する。

シャックスが黒花を回収したと思ったら、今度はフォルがゴメリたちの会合に加わってしまったところだ。

ため息をもらしていると、そこにネフィが並ぶ。

「ゴメリさまもしばらく城を空けていましたから、寂《さび》しかったんだと思います」

「……それはわからんでもないがな」

だからザガンもやめろとは言っていない。

苦笑《くしょう》しながら、ネフィがお皿を差し出す。そこにはまだかじりかけのマリ＝トッツォが載《の》っていた。ゴメリが騒ぎ始めたから、まだ三分の一ほどしか食べられていないのだ。

――まあ、フォルが見てるならおかしなことにもならんだろう。

親として心配な気持ちはあるが、あの子は〈魔王〉となったのだ。信じて見守る勇気もまた必要だとはわかっているつもりだ。

ハラハラしながらもマリ＝トッツォを口に運ぶ。

幸せな甘さが口に広がり、険しい表情もふにゃりとゆるむ。

「やはり、ネフィの作る菓子《かし》が一番美味いな」

「ふふ、恐縮《きょうしゅく》です」

それからザガンは肩が触れ合うくらいにツッと身を寄せる。

「こうしていると、この服を買いにいったときのことを思い出すな」

「はい。あのときのお菓子も美味《おい》しかったですね」

次にデートに行けるのはいつになるだろう。

シアカーンは倒《たお》したものの、聖騎士側の混乱は小さくない。彼らの混乱は、そのままキュアノエイデスの混乱でもある。そうなるとそこに居を置くザガンたちも他人事ではない。

――なにより、生き残った連中をどう扱《あつか》うかも問題だ。

落ち着いてデートができるようになるまで、もう少し時間がかかるだろう。

そんなことを考えていると、ネフィがなにやらそわそわしながらザガンを見上げていた。

「どうした、ネフィよ？」

「えっ、いえその、ザガンさまのお顔を眺めていたくて……」

「んんっ」

ザガンは胸を押さえて膝を屈《くっ》しそうになった。

そんなことを言うなら、ザガンだってネフィの顔を見つめていたい。まあ、数十秒と経《た》たずにときめきで耐《た》えられなくなるだろうが。

──でも、それだけじゃなさそうなんだが。

顔を眺めていたいというのも本当なのだろうとはわかるが、ネフィの耳はなにかを待っているように、落ち着かないような震え方をしている。

──マリ＝トッツォを気にしてる……ようにも見えるな？

ザガンが気に入ったのはわかっているだろうに、なにか気がかりでもあるのだろうか？

それはそれとして、ソワソワしているネフィというのは珍しくも可愛らしいのでザガンも自然と目を細めてしまう。

と、そんなときだった。

がちんっと、なにか硬《かた》いものを噛《か》んでしまった。

「む？　なんだこれは。なにか入っているな。食べてしまっていいのか？」

「ひえっ？　ダ、ダメです出してください！」

ザガンは身体強化を極《きわ》めた〈魔王〉なのだ。本気で食べようと思えば金属だろうが金剛石《ダイアモンド》だろうがかみ砕《くだ》く。幼年期の食糧難《しょくりょうなん》を考えれば、当然の力である。

これは予期せぬ反応だったようで、ネフィも慌《あわ》てた声を上げた。

――ということは、これはネフィが入れたものなのか？

言われた通りに出して見ると、それは小さな金属の円環《えんかん》だった。

「これは……指輪か？」

「はい。改めて、ザガンさま、誕生日おめでとうございます」

ザガンは大きくまばたきをしてから、指輪を見つめる。

「ということは、これはその、た、誕生日プレゼント……という、ものか？」

「その……はい」

「おお……！」

未《いま》だに自分が誕生日を祝われるということがピンと来ていなかったのだが、愛する嫁《よめ》からのプレゼントというのは衝撃的《しょうげきてき》なほど嬉《うれ》しいものだった。

ロウソクの灯《あか》りに掲《かか》げて眺めてみる。

シンプルな形状ながら、表面には精緻《せいち》な呪言《じゅごん》と魔法陣《まほうじん》が刻まれており、装飾品《そうしょくひん》に関しては無知なザガンでも美しいと思える。呪言の方は組成を組《く》み替《か》える〝回路〟に見えた。

ただ、その指輪は青白く輝《かがや》く不思議な金属でできていた。

「これは、もしや魔法銀《ミスリル》か？」

「はい。ナベリウスさまに作っていただきました」

「ほう、《魔工》ナベリウスか……」

感嘆《かんたん》の吐息《といき》をもらして――ザガンはがっくりと膝《ひざ》を突《つ》きそうになった。

――プレゼント、かぶってるー！

誕生日プレゼントは別に考えているが、ザガンもナベリウスに結婚《けっこん》指輪の製作を依頼《いらい》しているのだ。

「ザ、ザガンさま？」

そんなザガンに、ネフィも慌てた声をもらす。指輪が気に入らなかったと思わせてしまったかもしれない。

ザガンは頭を振って立ち上がる。

「い、いや、なんでもない。それよりも、着けてみてもいいか？」

「はい！　ああ、でも利《き》き手《て》に着けられてください」

「利き手にか？　ふむ、わかった」

指輪というものは左手に着けるものかと思っていたが、そうでもなかったのか。

言われた通り、右手の薬指に着けてみる。

大きさはぴったりのようで、吸い付くように指に収まる。意識しなければ着けているという感覚さえないくらいだ。

「それに、魔力を込めてみていただけますか？」

「こうか？」

魔力を込めると、指輪から光があふれる。思わず目を瞑《つぶ》ってしまうが、光が収まると指輪の形状が変化していた。

炎《ほのお》のような荒々《あらあら》しい形状。しかし四本の指を守るように覆うそれは、武器であって防具でもあった。

「拳《こぶし》を守るための武具だそうです。名前は〈ゾンネ〉。ザガンさまはいつも拳で戦われますし、なにかお力になれるものをと思って……」

ミスリルのナックルである。恐らくはネフィもなにかしらの細工をしたのだろう。〈魔王〉が振るう武器としてこれ以上のものはちょっと考えられない。

——これなら、聖剣《せいけん》や〈呪剣〉を殴り返しても耐えられるだろう。

実際のところ、ネフィからのプレゼントをそんな乱暴な使い方はできないが、ザガンを守ろうとしてくれる気持ちが伝わってきた。

「なるほど、これは素晴《すば》らしいな。その、気に入った。……ありがとうネフィ」

「……ッ、はい！」

この日、一番の笑顔だった。

そのまま抱きしめようとして、不意に聞きたくもない声が背中を叩《たた》いた。

「ひゅー、また恐ろしいもんを手に入れたもんだな。お前さんがそれを使えばまさに最強……って待って、いまそれで殴られたらおじさん死んじゃう！」

アンドレアルフスが起きてきたので、ザガンはそのままミスリルナックルの拳を振りかぶっていた。

――ネフィからのプレゼントをこいつの血で汚《よご》すのヤダなあ。

心底嫌そうな躊躇《ちゅうちょ》が、アンドレアルフスの命を救った。

「……なんの用だ。俺がネフィとの時間を邪魔《じゃま》されるのが一番許せんのは理解していると思うが？」

これから殺すけどなにか言い残すことあるかと聞いてみると、アンドレアルフスは顔を引きつらせるも笑って返した。

「いやなに。シアカーンを始末すると言っときながら返り討《う》ちに遭《あ》っちまったからな。ここらでひとつくらい仕事しとかねえと、俺もう生きていけねえなと思ったわけよ」

「……で？」

アンドレアルフスは肩を竦《すく》めてこう言った。

「お前さんが殺さなかった数百人の〈ネフェリム〉の生き残り、俺に任せてみねえか？」

腹立たしいことに、それはザガンがいま一番頭を悩《なや》ませている問題だった。

あとがき

　みなさまご無沙汰しております。『魔王の俺が奴隷エルフを嫁にしたんだが、どう愛でればいい？』十四巻をお届けに参りました。手島史詞でございます！

　いやもう十四巻ですよ。ページなくて書けませんでしたが、前巻の十三巻の時点で自分の著書としては最長記録です。

　シアカーン編決着ということで、ここのところシリアスが続いておりましたが……続いてたっけ（ゴメリの素行等）その間、実はＦＡＮＢＯＸという支援サイトでラブコメメインの短編などを書いておりました。

　こちら完全にプライベートというか、同人活動でやっていたのですがこの度本編に再編成することで収録してもらえる運びとなりました。

　ここまでこぎ着けてくれた担当Ａ氏、本当にありがとうございます！

『幽霊屋敷のドッペルゲンガー』――時系列的にはこれが最初になります。本編十巻〝アリステラ〟戦直後のバルバロスの話になります。

なのですが実はこれ、そもそもドラマCDのシナリオとして用意したものでした。そのときは没になってしまったものの、どうしても書きたかったので短編で書いちゃいました。コミックの板垣ハコ先生に支援イラストまで描いていただいたので、ご興味のある方はツイッターやpixivで検索くだいまし。


『黒猫カプリチオ』――せっかくふたりで遠征させたのにシャッ黒を挟む余裕がない！というわけで殴り書いたSSです。鉄箸ネタはやってみたかったので満足してます。時系列的には十一巻冒頭。ゴメリ出張前夜くらいのタイミングになります。


『私が黒猫を娘にした理由』――実はこれが最初に書いた短編だったりします。ラブコメと言いつつ、こっちはちょっと真面目な恋バナですね。

十一巻で家族会議にまで発展したフォルの恋バナ調査で、ラーファエルはなにを語ったのか。あのおじいちゃんはなんで顔を見る度にシャックスの首を落とそうとするほど黒花を大事にしてるのか。どうしても書きたかったんです。

ただ、とうてい本編にねじ込める尺じゃないのでどうしたものかと悩んで「だったら同人で書いちゃえばいいじゃん」とＦＡＮＢＯＸを始めたのがそもそもの経緯であります。ちなみにこっちも板垣先生に可愛い支援イラスト描いてもらってほくほくしました。

『魔王の休日』——ザガネフィを書きたいのにシアカーンが邪魔でちっとも書けない。というわけで作者とザガンの気持ちがシンクロした結果生まれた短編になります。時系列的には十一巻終了直後。アルシエラの結界から帰還したザガネフィは、そのままちゃんとデートに行きましたという話です。

『書き下ろし』——ザガンの誕生日です。ネフィがプレゼント渡すところはちゃんと書きたかったのでこれ以外考えられなかった感じです。ちなみにマリトッツォですが、板垣先生がツイッターでこれもぐもぐしてるザガネフィらくがき描いてくださったので、本編でも書かなきゃという使命感に駆られてやりました。反省はしてません。

調べてみたらちょっとおもしろい逸話を見つけたので、本編にも取り込ませていただいております。

本編に関してはこんなところでしょうか。

あと十三巻でもご報告しましたが、バルバロス主人公のスピンオフも開始します！　この巻が出るころには始まるのかな？

それでは今回もお世話になりました各方面へ謝辞。

短編集ゴーサイン出してくれた担当Aさま。今回も可憐美麗なイラストを仕上げてくださいましたイラストレーターCOMTAさま（ザガネフィのデート服可愛い！　見開きが可愛いの暴力で圧巻でした！）。コミックとスピンオフネーム同時進行で恐縮です板垣ハコさま。スピンオフ双葉ももさま。コミック担当さま。他、カバーデザイン、校正、広報等に携わってくださいましたみなさま。ちょくちょく美味しいお菓子作ってくれた子供たち。そして本書を手に取ってくださいましたあなたさま。

ありがとうございました！

二〇二一年十一月　恐山ル・ヴォワールを聴きながら　手島史詞

Twitter：https://twitter.com/ironimuf8

FANBOX：https://prironimuf.fanbox.cc/

HJ文庫 https://firecross.jp/
977

魔王の俺が奴隷エルフを嫁にしたんだが、どう愛でればいい？14

2022年1月1日　初版発行

著者——手島史詞

発行者—松下大介
発行所—株式会社ホビージャパン

〒151-0053
東京都渋谷区代々木2-15-8
電話　03(5304)7604（編集）
　　　03(5304)9112（営業）

印刷所——大日本印刷株式会社

装丁——世古口敦志（coil）／株式会社エストール

Printed in Japan

ISBN978-4-7986-2703-8　C0193